太阳花丛书

丛书主编：禤健聪

扬异集

广州大学第一届（2017）
文学大赛获奖作品集

马将伟　主编

暨南大学出版社
JINAN UNIVERSITY PRESS

中国·广州

图书在版编目（CIP）数据

初升集：广州大学第一届（2017）文学大赛获奖作品集/马将伟主编.—广州：暨南大学出版社，2018.12
（太阳花丛书/禤健聪主编）
ISBN 978 - 7 - 5668 - 2552 - 0

Ⅰ.①初…　Ⅱ.①马…　Ⅲ.①中国文学—当代文学—作品综合集
Ⅳ.①I217.1

中国版本图书馆 CIP 数据核字（2018）第 300766 号

初升集：广州大学第一届（2017）文学大赛获奖作品集
CHUSHENGJI：GUANGZHOU DAXUE DIYIJIE（2017）WENXUE
DASAI HUOJIANG ZUOPINJI
主　编：马将伟
· ·

出 版 人：徐义雄
策划编辑：杜小陆
责任编辑：杜小陆　吴瑜玲
责任校对：梁念慈
责任印制：汤慧君　周一丹

出版发行：暨南大学出版社（510630）
电　　话：总编室（8620）85221601
　　　　　营销部（8620）85225284　85228291　85228292（邮购）
传　　真：（8620）85221583（办公室）　85223774（营销部）
网　　址：http://www.jnupress.com
排　　版：广州良弓广告有限公司
印　　刷：广州市穗彩印务有限公司
开　　本：787mm×960mm　1/16
印　　张：12.5
字　　数：180 千
版　　次：2018 年 12 月第 1 版
印　　次：2018 年 12 月第 1 次
定　　价：49.80 元

（暨大版图书如有印装质量问题，请与出版社总编室联系调换）

漫谈写作与人生

林　岗

　　我本来拟的题目是"漫谈创作",但现在把题目改了一下,这是胆怯的证明。我一写到"创"字的时候就觉得不对了,因为我不会创作。大家肯定都听过一个笑话,说在大学里面不会写的人才教别人写,会创作的人就自己写了。所以,我还是有点自我反省精神,把文学创作那个"创"字改成了"写"字,因为我大学毕业后就一直写论文,虽然不算文学,算研究、批评之类,但也应算是写吧,所以下面就和大家谈一谈写作。

　　在写评论、写研究论文之余,我有时候也写一些随笔或是散文之类的小文章,有些人看见觉得好就会来问,说林老师您是怎么写出好的文章的。我一直没办法回答,但是我知道自己的写作是从哪里学来的,"文革"绝对是答案之一。

　　在我们读书的那个年代,要不停地写,比如写检讨,写革命大批判。当有很多东西要写的时候,你就知道那个路子怎么走,写作就是要在写的过程中学习。它不像是那种学好了就会有一个抽象的原则让你掌握、有具体的门道可以让你进去的技能。我也不能斩钉截铁地说写作没有一个具体的门道,但是这个门道一定是在不断写作的过程中慢慢体会得到的。每个人的语言风格都不一样,所以我觉得愿意写、爱写才是最重要的,这也是一个具普适性的原则。

　　我今天想谈的,是人类的写作到底是怎样的。弗洛伊德有一个说法,他认为写作是一个避难所。我曾经有一位老师,因为出身问题在学校里一直受气,但我是第一次从他那里听到"哲学"这两个

1

字。他说哲学是研究人生的，我当时就眼前一亮，以为人生会有一个答案，然后就努力地看各种各样的哲学书籍。这就是弗洛伊德所讲的，生活里有困惑、有问题，心里就会产生苦闷，然后你可能就会产生对外表达的冲动，这时候你把它们写下来，在写作中得到另外一种快乐。所以我始终把写作看成是人生的一种再出发。我们从出生开始，就可以算已经出发了，到了某一个阶段，可能因为某些客观因素你发现走的路不通了，这时候有一个想象的王国出现在你面前，这个王国是不需要在现实当中获得成功的。当你走进这个想象的王国里面，可以发现另有一番滋味。

在这里我要再举一个例子——爱因斯坦，他是非常有文学才华的，诺贝尔文学奖没有授予他可能是个错误。他在普朗克六十岁生日庆祝会上发表的祝词就非常好，其中讲到了科学家的创造，即探索事物的动机来源于什么地方。祝词不长，开头就是一个比喻，把科学比喻成一个殿堂，说在这个殿堂里有各种各样的人物，有的人在里面寻找财富，有的人寻找地位，有的人则是喜欢智力所带来的快感。如果有一天，天使把这些人赶走，这个殿堂还会不会有人留下来。爱因斯坦说会有，但是不多，然后就分析这些留下来的人他们科学创造的动机从何而来。他引述了叔本华的话，"把人们引向艺术和科学的最强烈的动机之一，是要逃避日常生活中令人厌恶的粗俗和使人绝望的沉闷，是要摆脱人们自由变化不定的欲望的桎梏"，从消极的方面说，留在殿堂里的人，动机很可能是不喜欢世俗生活的喧嚣、庸俗。看到这里就让我想起陈寅恪的话，他说学问是要破俗谛。人要做出真学问，就要破除俗谛的桎梏，也就是破除世俗的行为、看法、观念、品质对心灵的束缚，这时候真理才得以发扬。陈寅恪也是从消极的方面去看待学术研究。

但是，爱因斯坦说除了这种消极的动机以外，还有一种积极的动机，"人们总想以最适合于他自己的方式，画出一幅简单的和可理解的世界图像，然后他就试图用他的这种世界体系来代替经验的世界并征服后者"。我们生活的这个世界，包括纷繁复杂的宇宙和人世生活，它本身不具备一种解释，一种简单图景，要通过学习去探索。我们通过努力把这个世界变得可以理解，这时我们的理解就凌驾于这个世界之上。爱因斯坦认为这就是画家、诗人、思辨哲学家和自然科学家各自按照自己的方式去做的事情。把科学、艺术、诗人、画家都混成一片，这是他高明的地方。物理学家可能会写一个公式，数学家可能会推导一个原理，诗人可能会吟一首诗，画家可能会画一幅画，这些不一样的东西都包含了他所构想出来的一个世界体系。人们把这一个世界体系作为情感生活的中枢，在此可以找到在他个人经验的狭小范围里所不能找到的宁静和安定，我觉得这个讲得非常好。在事业背后一个总的动机其实就是激情，如果没有激情，世界上任何伟大的事业都不会成功。

我再举一个咱们中国的例子，《红楼梦》就是一个绝妙的印证。曹雪芹在写这部小说的时候，年纪已经不小了。本来像他那样的家世，应该是对国家有所贡献，对家族有所交代，但他都没有。功名没有，事情也没做成。如果胡适的考据是正确的话，他还一贫如洗。所以我觉得他遇到了一个所谓的"中年危机"，这场人生的危机也是《红楼梦》出现的根源。

如曹雪芹在书中开篇所说："今风尘碌碌，一事无成，忽念及当日所有之女子，一一细考较去，觉其行止见识皆出于我之上。何我堂堂须眉，诚不若彼裙钗哉？实愧则有余，悔又无益之大无可如何之日也！当此，则自欲将已往所赖天恩祖德，锦衣纨袴之时，饫甘餍肥之日，背父兄教育之恩，负师友规训之德，以至今日一技无成，半生潦倒之罪，编述一集，以告天下人：我之罪固不免，然闺阁中本自历历有人，万不可因我之不肖，自护己短，一并使其泯灭也。虽今日之茅椽蓬牖，瓦灶绳床，其晨夕风露，阶柳庭花，亦未有妨我之襟怀笔墨者。虽我未学，下笔无文，又何妨用假语村言，敷演出一段故事来，亦可使闺阁昭传，复可悦世之目，破人愁闷，不亦宜乎？"

曹雪芹在人生危机的时候，他觉得自己做不成别的事情了，下定决心把《红楼梦》写出来，这就是他的动机。尽管他一技无成，半生潦倒，但我们至少可以说，这部小说让曹雪芹不朽，这就是他人生的再出发。正因为有了写作，用语言用文字留下了这样的一部著作，才成就了他的不朽。

我再举一个西方的例子——塞万提斯。他是现在文学史上公认的西方现代长篇小说的始祖。他原来也不是写小说的，在30多岁的时候写过一些诗，但没有名气。他一直最想做的事情是经商挣钱，但在做生意的过程中他先后三次被关进牢里。他也参过军，但升不上去。他在第三次坐牢时写了《唐·吉诃德》的上部。《唐·吉诃德》上部和下部的写作，相隔大概有10年。上部再版了六次，从此他就走上了写小说这条道路。

在《唐·吉诃德》的最后一段，写到唐·吉诃德快死了，他一生中三次出去漫游都以荒唐为结局，最后临死的时候向神父忏悔，说这一生唯一对不起的人就是跟随他出游的仆人桑乔。桑乔听到忏悔之后对唐·吉诃德说，一个人最大的疯癫就是让自己无缘无故地死去。所谓无缘无故地死去，就是什么事都没做，没有人生的理想，没有人生的激情。

桑乔继续对唐·吉诃德说，现在既没人杀您，也没人打您，您可别因为忧郁就结束了性命，咱们按照约定穿上牧人的服装再到野外去吧，也许能在某一处灌木丛后碰到杜尔西内亚。杜尔西内亚是小说中唐·吉诃德活着的精神支柱，一个从来没有出现过的女人。在小说里，唐·吉诃德和别人打架偶有胜利，胜了以后他会让失败者把胜利的口信带给杜尔西内亚。那人就问他杜尔西内亚在哪里，他说你一直往前走翻过山就找到了。那人翻过山，发现山后面还有一座山，就跑回来和他说没找到。唐·吉诃德就让他再往前走，如果没找到就继续往前走，一定能找到杜尔西内亚的。杜尔西内亚在小说里就是这样的一个理想。

今日败明日又会胜，小说以这句话来结束。不要怕荒唐，不要怕失败，今天失败了但明日又会胜利，胜了以后还会有失败，但这不要紧，人都需要这种乐观主义精神。这是生命的激情，这也像爱因斯坦所说的那样，我们的生命里应该要有这种激情。

按照中国古代的传统，认为一个人在世界上要实现三个目标：立德、立功、立言。立德、立功对普通人来说太遥远，立言更实在一些。《典论·论文》里说，"文章经国之大业，不朽之盛事"，"年寿有时而尽，荣乐止乎其身"，"二者必至之常期"，"未若文章之无穷"。大家可以去图书馆看看，里面的书是死人写的多，还是活人写的多。答案肯定是死人写的多，尤其是古籍部，任何一本都是死人写的，作者我们是见不到了，但他的书我们还在读着，"未若文章之无穷"就是这个意思。

在写作的实践中，我们经常会有疑问，那就是写作有没有天才。如果有天才，那就代表有人不需要学，也会写作；如果没有天才，那为什么有人怎么训练也练不出来。我读了这么多年的文学作品，不得不承认写作方面是有天才的。

我举莎士比亚为例，当他没有加入伦敦的那个剧团前，他没有表现出任何文学才华。他是因为老婆跟别人跑了，大受刺激而去了伦敦，刚去的时候他没有参与创作剧本，而是打杂。当时的戏剧是没有一个完整剧本的，只是有一个故事情节，然后通过创作串词把整个剧连起来，莎士比亚后来做的就是这个工作，算是编写剧本了。在他参与编剧后，那些剧目演一部就红一部，他在伦敦就出名了，连女王都化了妆来看剧。

过了一段时间，莎士比亚带着两麻袋银圆荣归故里。又过了若干年，他以前所在的剧团还在演戏，但生意没以前那么好。因此剧团就派了两个人去找他，他们三个人一起回忆写下了我们今天看到的剧本。若论西方文学家留下最多的格言和警句的人，非莎士比亚莫属，我在英国做访问学者的时候，发现书店会卖一种口袋书那样的小本子，那就是《莎士比亚戏剧格言》，那是从他的剧本里摘出来的好几百条格言，各方面的语言都有，这就是才华。

给我印象最深的一句格言是"人生不过是一个行走的影子"，读到这句话就让我想起《红楼梦》。《红楼梦》第 120 回，不就是讲人生是一个行走的影子吗？莎士比亚用一句话就表达出来了。我举这个例子，不是要佩服哪一个天才，只是想说明文学创作和才华存在着联系。

可是我们还要问另外一个问题，就是如果我们不写，怎样知道自己是否有才华。所有的才华都是在努力的过程中展现的，因此"天才就是 1% 的灵感和 99% 的勤奋"这句话也是对的。所以对于"写作"，我更倾向于"存在主义"的一个观念，就是"存在先于本质"。我们先不要问自己有没有才华，能不能做这个事情，但一定要从"做"开始。就算是莎士比亚，他如果不去伦敦，不参与写剧本，就不可能留下那些剧本和格言。当然也不能排除另一种可能性，就是努力了，到最后也没有结果。但这又有什么关系呢？写作的很大一部分其实是你的生活体验，是你的见解，是你的历练，是你的经验，还有一部分是你脑和手的配合。

有的时候你想到了但写不出来，有的时候你写出很漂亮的句子，但那个句子没有什么意义。写作跟骑车、游泳很像，都属于技能，而不是纯粹的知识。学会了骑车，就算 30 年不骑，一旦有自行车你还是会骑，因为学的时候车的平衡技巧已经永远刻在脑子里了。游泳也是这样，如果在岸上学，你学得再好掉到水里还是得死，所以游泳只能在水里学，岸上只能做矫正。因此写作最合适的训练，就是大家写一篇东西，然后老师和你讲这句话应该怎么写，哪个地方写得好，哪个句子哪个标点是错的。就和游泳教练一样，手把手教，不停地给你改，这样才有意义。

讲到最后，我觉得对写作来说，阅读是最好的老师。有人可能会说，文学理论讲写作的第一要义，不是生活吗？在这里我之所以没有提生活，是因为生活是个总体性的概念，谁不在生活中？对我们的生活来说，阅读是其中一个小的部分，所以我才说阅读是最好的老师。

但阅读有批评的阅读，有写作的阅读，我觉得这两种阅读方式是不一样的。批评的阅读是在文本中寻找并发现现实社会中存在的问题或具有普遍意义的价值，读者通过阅读将文本与现实联系起来。写作的阅读则是读者设身处地把自己设想成文本的作者，去揣摩写作的意图、方式、修辞等。

我相信一个好的作家肯定是揣摩过别人的作品的，比如鲁迅的《狂人日记》就揣摩过果戈理的《狂人日记》，因为他曾经提及。如果你热爱写作，不管是文学创作还是学术研究，必须要掌握写作的阅读。例如我以前读过陈寅恪一篇讲唐代武则天与佛教兴旺之间的关系的论文，要是我来写的话，可能我会从宗教是欺骗人民的鸦片开始写，论述唐代的皇帝要欺骗老百姓，保持社会平安稳定，所以大力推广佛教。那陈寅恪是从什么地方开始写呢？他从武则天的身世，她在一个尼姑庵里面修行写起，通过考据这段历史，让大家能够体会到唐代佛教兴旺的原因。这可以启发我们，写论文要从小处入手，以小见大，最后阐明普遍的价值和大道理。所以我们说，学术研究也要从范本学起，这也是写作的阅读。

最后我想说说杜甫的《戏为六绝句》，里面讲述了学诗写诗的经验："未及前贤更勿疑，递相祖述复先谁？别裁伪体亲风雅，转益多师是汝师。"他强调了要对作品有所鉴别，要向经得起时间考验而流传下来的优秀作品学习，并且要眼界开阔，阅读面和学习对象要尽可能广阔，这样才能从各个方面汲取养分。

我们耕种，把种子撒在地上，不一定每一颗种子都能发芽；我们读书，不一定每一本都能有所收获，但肯定有一部分会在你心里生根发芽。所以关键就在于要多撒种子多读书，朱熹曾讲过"书只为读"，大家闲来无事翻开书来看就是了，看得多了自然有体会有收获。

目　录

一等奖获奖作品

市井七重

蔡紫尘①

> 有罪的姑娘伊斯塔尔，仍然一直前进到冥府。生之水，至上之水倒洒在她身上，却使她年轻的爱人，逃过大难而复生。
>
> ——沦落冥府的伊斯塔尔

诚然感动和怜悯会被铭记更久，现在我不能记得悲伤，
不能记起憎恨。
唯独这牵向未来的线，必定有浑浊出现，扰人清梦。
世间如云雨河流，木鹤才有赏不完的戏剧，
当恐惧和悲伤亦成华丽，
你割舍三番。总也不能了了无牵
那长街，那人，那年年岁岁
世间是精密有效的循环，
西河有不尽的儿戏，
每日晨起，时空仿若出了问题，
刹那间我在等待迎迓一湾奇迹。
奈何须臾之间，如烟花落地，不复可寻。

---

① 广州大学公共管理学院 2014 级 1 班，公共事业管理专业。

[变奏二·耳环 | 理性]
给你满目风花赴雪月
与你一踏铁马过河山
岁末
方知不更不迭道心如固
辗转入，痛苦
因缘生
人道是
尘本非尘，何来有尘
人道是
世间不得双全法
你半生辗转也不偏也不颇
绣口锦心：
金人誓退 李娃可妻
你一生辗转捋眉须拭衣袖：
三世廊旁话　子虚同乌有。
岁末
尘归尘，雾归雾
莫怨仙游薄情义，人事不可道分明
莫怪薄情义，道不清道不明

末路之末
唯剩这
各踞一际的晨昏
行迹不明的红月亮
——昏晓同炬，无榫无卯
地大不亲
末路这一偈
由我为你尽读，你眉目清明、杳杳不复寻踪

浮华尽褪

我只理解字句、黑白

六字唱诵

[变奏三·项链｜激情]

我要去找你

我如此卑怯，甚至不敢赴一个

日思夜念的约

可晨星皎白　暮色匿迹，

我在拂晓第一缕曙光时，被一束早风穿膛过腑——

实在不能记起你的模样了

终于徒行迢迢　直入你的门廊

我扶扶眉眼：总归我是来了

我要去找你　胸前配一颗红石头　手上是十八子黑曜

当生命真的这般宽宏拥我入怀

我像被父亲吓死了的吉马朗埃斯·罗萨

回去吧回去吧

我不敢，再也不敢

[变奏四·宝石｜极乐]

这故事沓长，关乎我们行途中

最后一道槛门

你且　听我迂曲解说一回

酉时日尽，我又在

这娆娆闲窗内

翻找你的一章美学，

为你找纯白的配乐。

它已成为习惯，

可能会相隔很久很久，但我

4

向你探寻的双手是永远不断的
可戚的是，我没见过你
我唯有想象你
——像蜡烛么
抑或露水、晨光·熙熙离离　时晴时雨
这人，那人
相互在理解字句，独不能进入它的形境　没有心怀
桎梏牢牢把心缢出血
至于再也没有——……
欲言且止　欲继不能

其实我是在狱的缝隙中看你，晨星不悯，消融月色
恰似于，你也看见了，从我眼中
看见婉风　丛草棘藜
万事止于一瞬。
昨夜——总算——他见到自己的狄波拉
素色天使垂怜的食指
当他们指尖相触的时辰。
他请求，听他讲述世界的尽头，
泪眼蒙胧，睁开眼听我讲世界的尽头。

我们终是以生人来句读
几次相忘于江湖，这一次
山穷水尽不复见他行踪

后来
是一人执着木杖　佯装一个新的牧女
不料一条季夏的老街，我仅得见的
是你眉睫

5

回想处
时空、心境不疾不慢——
仿佛我还在一只茶几旁
瞥见妈妈节奏分明地钩毛线
仿佛我在冻风里哆哆嗦嗦，好久都撕不开饼干袋子
屋外是干冷的长街
天空　白墙　水泥地
冷冷沉沉的水盆子被风儿晃晃荡荡淹没

赶在薄暮下的虎山寺闭门谢客之前
我于这亭中，捻三炷香
什么愿也不求，什么愿也不妥当
……
想把你的原根，作一叶泊舟
唯独和你一道让我想起了白色的童年
不用走太遥远，只要陪同走进
那窣窣作响的菖蒲丛
天涯有多遥远，就朝多近的咫尺抵达
人言道：当感受到这世上的美好时会不由自主地感动
在万事未果的萧条里，我想诉说
我从来没有过这样的感觉
你可知见这奇怪的感觉。
我不知悉不明了
只得知冥想时熟悉亲切来自夜空的风　不知来去　不知她颜色
歌声
少年：我轻轻触碰她　一切就十分美好

万丈霞光你远去远去
终于从我背后伸手相逢

[民谣]

祈请我的故乡，全种植下欣荣葵花
祈愿我的领航人淡泊清虚，安民于福泽
漫山遍野的红色山花款款蜂蝶飞满
处处和静，衣食丰足。
指点我们爱和幸福的方向
终有一日，万民安乐，氏族同好

凡事从容，我们来到世上，仅是选择一种方式生活
看那老迈的婆婆说从前
看那年轻的妈妈钩花边
山花烂漫，我们年迈后，又获悉了孩子的喜悦
婆婆呀
我不忍你心有荫翳
我不忍你泪眼婆娑

我不愿意怒发直束　但乡村啊部族
许我点点白蝶草叶疏疏暮色黯黯
饮水的仁兽抬头，花萼相辉
教我免去试探。
若有人施与我无条件的仁慈
祖先
自卑作轴画地作牢
我孤注无依
你说我不过是一个悲伤的小孩
唯向自己倒戈
不忍离去的小阿姊向我挪动脚步

[变奏五·腰带 | 胆识]

鸟群，湖边树下坐着，遁入一个迥异时空，
这是恒久不变的我的来处
日子要聚焦在殒逝的荒野，日子要汇聚在浪漫的法国
看见郊野的人民
诗人左掌的弹孔，头顶的云层
是需要那一刻钟的云层
泼皮地痞都隐没　只有臆想蝴蝶翅膀的小孩
水井，窗口
嗨。

少年：屋外是一片暖红像我在小时候一样
时间被空间揭破
人是可以被宽恕的。
疼痛呵疼痛
像数不尽的棘刺深藏

所幸
只要你愿意，你就可以离开，全身而退。
当恐惧和悲伤也成为艺术，
不再是缘由和治愈的本身
当怀念和修远成为艺术
我不知道
无尽的爱呵
遥远是否与你等同
莫若一个孩童
啊
纸片船已卡在水泥板上找不回大海

［妇女］

来来回回来来

赤日当空大地焦灼谷子穿我脚板

形体单薄思虑辄起忧戚蚀我心肠

来来回回来来

东日昏昏西乌昭昭暮落收我衣裳

盥房浣衣里屋作戏险避地头长蛇

来来回回来来

日出而作日入而息耧犁苦我臂膀

风尘轻轻车马辚辚日尽莫凭栏杆

尔等且四散　　吾人自衰老

穆村桥何处　　蔓草载荒烟

宝凤集香木

足足又三春

丹凰集香木

即即复童年

关于和你一同的想象，长久未果

为铺平卑微的屈耻

你要我在言语上投之以最大的施舍——

没有人间情爱，所以

不会恼怒　　没有悲哀

［变奏六·环饰｜同情］

每每山重水复

我知道前景被祝佑

每每与你离散

徒愿能悯你疮痍，解你哀思

重新佩上玉镯四只两对

像一位神祇　期盼众人充满智慧地活
不至于心生忧恼，面露愁容
田连阡陌　世道人心；
像普罗老生　期盼众人美人之美　美美与共

少年：怜悯的含义
你讲毕这长长的故事、面若春风，我又为何
那么哀伤
我如此懦弱，常常想起围墙外一排小番茄
想起蜜汁老甜老甜的凉粉红花
你要怎么定义这时光呢
日色已尽么？白夜未央么？

[变奏七·外衣｜灵知]
唯一的凭借
人跋涉得疲了，不入街市人群
少年：逃脱的缘由
鸣蝉在立秋凋零，一片，一片
被挡在公车布窗外
落于补习机构的梯台
——沧海，巫山
海中海云中天心野苍莽
年少方向
我曾知天堂
呐，当云天琰琰
此前当下怔然自省
作何是大漠沙黄

10

我崇爱过这沙漠，仅仅是名字、表象
当这无垠旷阔热浪驼铃馈送给我
并着寂寥的透明日光
我成为近乎幸福的空洞

生命，不愿献身于一点
有人愿意死于拂晓，有人在娆娆近夜回望空无的黎明
日落之时再作悠悠长长一次谛想，琉璃为地，金绳界道
伎乐诸天不鼓自鸣
诸香摩尼阎浮檀金
我坐在这窗边，伸手能触及山寺
抬眼能见形似冰片的云层
我会在银河里看到房子和大树，赭色湖岸边白鹿的剪影
唯一的乞许
躺在地里长出野草露水萤萤
须发归雨雪　甲骨归雷霆
目色、气息，仍会归于
泠泠泪
身体长满野草露水萤萤

[枯燥的土地]
在屋顶上献出的微笑，我的椿父萱母
少年：没有逃离的方法
篱笆围着黄芪、石南竹，
大风叫醒流汗的甲壳虫
七月正午日照朗朗，层云敲醒眼睛一并童年
你在楼阁上
从不想象十指伸入泥浆
伸进煤炉

11

少年：逃离的方法
如是，下坠归于下坠，繁盛攀附于小巧支点
转遂于，山庄平原，冬来暑往
衣帛稻米锅碗瓢盆、关乎市集菜地的长夜大梦
以及好久好久以前，于横巷里自行车边端读文章，轻轻念念
终也不复寻踪
亭台轩宇、想来也不是去向
何处去向

[想象]
风起时做一个环环相扣的日间梦
梦中你凌空而去，游走于现前当下，过去后来
梦中你悲人所悲，知前尘，悯后事
直至更深梦起　水稻刈尽
昙花袅袅　泥田拉杂

风起时一心惦记着纸鸢、藤萝
飘摇过街的一片落叶
迢渺从前不曾长久的澄澈世道

风起你又给我带来快乐
仅仅凭借，我知世上有你
你有喜怒、哀惧

[尾声]
诗篇是意义全无的循环
点染木土生活的
仅仅归于形式
一曲美声施与我。

当你终于自在空无，把你的腰带施与我，
让我行在世上，童稚作陪
我得益于世，心有安详
"我研究过幸福的含义，那是所有人
都无法逃离的"

重　逢

吴　怡[①]

一

蓬城的这个冬天极冷，母亲新置办了几件皮袄，繁复暗纹的缎面，领口袖口是厚厚的软毛。我向来不喜欢穿这些，我已在芪陵大学入读两年，有专门的校服，若还穿这些衣服，既不合规矩，也显得与其他学生格格不入。但母亲的执拗是无法说动的。我最终还是依了她的意思，又提了一个大箱子去学校，装这些事实上我并不会穿的衣服。

新年初过，校园里尚无几人，寂静冷清。我为了躲避家中应接不暇的客人提早来了学校，父母对此颇为不满。两年前我考入芪大，父母并不乐意让我上学。母亲希望我尽早向父亲学习接手家业，父亲则希望直接送我到东洋历练两年——他那些亲朋好友的孩子们也不知究竟是为了学些什么就一股脑儿地全漂洋过海去东洋了，父亲自然不甘落后。

芪大之所以全国闻名，不仅是因为这儿大师云集、人才辈出，还因为它保留了蓬城最美的景色。除却连廊回栏、寒梅细柳，由芪大首届建筑专业毕业的学生自己设计的欧式教学楼夹在一片古韵雅致之间却能与之相得益彰，中西结合得极为融洽。再者，由于芪大

---

① 广州大学人文学院 2016 级 8 班，汉语言文学专业。

是中西合资建设，全蓬城最大的教堂也在校区之内，即便是不信教的人，也会在做礼拜的时候过来凑个热闹。

我拒绝了母亲让家丁帮我把行李搬到宿舍的想法，自己把三个巨大的行李箱扛上了楼，这才发现竟有人比我早到。宿舍不大，左右各有一张上下铺的床，中间正好塞下一张木桌。此时右边的下铺已经有人铺了床，灰蓝色的被褥叠得齐整。我见放在桌上的两本书，是上学期期末我在图书馆同照霖一起借的那两本，知道早来的定是照霖无误。

打开窗户，风还微弱，一丝寒气顺着窗户打开的缝凛冽而来，直扑面门。我们的宿舍在二楼，窗台下正是梅园。春雪未融，料峭风中，细雪就从枝头轻轻晃落，透出舒展开的梅花来。

我的床尚未铺完，一个冒失鬼就撞门而入，兴奋地喊："延瑞，我就知道你也会来——"

此人便是那早到的舍友姜照霖，此时他手里抱着一叠书，围巾被他解下用来包裹书本。大抵是回来的路上经过梅树下，肩头落了雪，外衣有些湿了，竟还沾了片花瓣。

我忙侧身给他让开，他冲进来，将怀中的书堆在桌上，连连惊喜道："若不是我早来，这些书定被人抢光了！"

他一面打开围巾，一面兴致勃勃地把他借来的书一本一本展示给我看，却是几本近来很受欢迎的《新青年》《新潮》之类。我一一接过翻一两页，听着照霖不愿停歇的细碎的评价或是感想，也时不时发表一两句，他便露出一脸"英雄所见略同"的表情。

那是我们的十九岁。尽管辽阔的天空总有几方阴沉的乌云不远不近地笼罩着，可我们的心里永远有一道光。后来，我才发现在我的回忆里，十九岁是最清晰的，也是最愿意被回想起的。我总是想，也许我的一生，早在十九岁的时候就已经走完。

蓬城今年极冷，已是春天，寒风还是将人的脸刮得生疼。照霖临时把接姜小姐的任务丢给我，不知道又密谋什么去了。早几年他也是密谋着要去考航校，因年龄不够没有过关，傻小子顶着他堂哥的身份去报名，结果正撞上他父亲的朋友，被提着领子扔回了家。好在照霖的父亲也算开明，竟然没有打他一顿，只是教育了几句年龄不够就不要凑热闹云云。

照霖所托我去接的姜小姐是他远得不能再远的一个表妹，自小与照霖订了亲。据说照霖本人也只见过她几次，还是在连路都不会走的年纪，两人却总是愿意黏在一起，因此由祖母订下婚事。前些日子姜小姐的父亲来信，说希望她能报考芃大，于是照霖的父母便兴高采烈地准备姜小姐从此要住下的事情。饶是以照霖父亲的开明，照霖恐怕也难以逃脱一纸婚约。而他向来是破旧俗的倡导者，向往自由恋爱，由此不愿留一丁点希望给姜小姐。

待我赶到时，车站已经没有什么人了。我沿着车站门口的路往两边张望，看见一个瘦小的女孩子坐在门旁的长凳上，脚边放着两个行李箱。宽而厚的围巾遮住她大半的脸，短发也服帖地藏在围巾下。

我心里涌起一种奇异的直觉，那必是姜小姐罢。这样的直觉驱使我走到她面前，她正低着头轻轻搓手，因冷而动作都有些僵硬了。

"姜小姐？我是照霖的朋友赵延瑞，他托我来接你。"

她抬头，讶异地看着我，深邃的眼里带有几分警惕。

我忙向她解释，还说了许多照霖的事给她证明。她点点头，显出相信的样子，却仍攥着围巾："我还是在这儿等照霖哥来吧。"

我只得恳切重复："你先跟我走不一样么？我也是把你送到他家里去。"

姜小姐固执得可怕，她垂了头不看我，轻而薄的雪粒沾在她细而长的眼睫上。她说："多谢你的好意，我再等一会儿。"

我急了，这天寒地冻的等什么呢？只得一边拽起她一边耐心劝道："照霖真是来不了了……"

她被我的举动吓了一跳，可还未叫出声来，身体就直直往雪地里跌下去。我慌了神，七手八脚捞住她，把她摁回长椅。

她那被风吹得通红的脸终于从围巾下完全露出来了。她没有眨眼，可泪水却接连不断地从眼里滚落出来。我忙往她手里塞了一方小帕，很是惭愧，一面又不知道究竟是怎么回事，一面又担心她的身体是不是出了什么问题。

隔了一会儿，姜小姐才开口："学长，您先走吧，我自己……自己再坐一会儿。"

我没别的法子了，只得交代她在原地别动，便快步跑到邻街。蓬城的夜晚早眠，好在我家在那儿的巷口有个铺面，我在那儿往照霖家打了个电话，叫了辆车，想起姜小姐，又匆匆跑回去陪着她等车。

这时方知姜小姐原是有腿疾，尽管平时走动跑动不会影响，但受不得寒。她的父亲早已在信中一一道明，只是照霖的母亲想不到照霖会将此事托与旁人，因而不曾交代。姜小姐的车是晚到了的，她找不见照霖，又怕照霖找不到她而动也不敢动，一直坐在这里苦等，甚至不晓得待在候车室等，腿已经冻僵了。

照霖因为姜小姐的事情被他的父母狠狠责骂了一番。那日害得姜小姐受寒大病了几日，照霖也心有愧疚，只是他对那纸婚约总心存芥蒂，去探望姜小姐几日后就向姜小姐宣誓了双方的自由。万幸的是姜小姐也是明理的人，竟没有将此事说与姜家父母，不然照霖免不了又要受些责罚。

而我则因车站之事，加之照霖为了避嫌并不常与姜小姐同出入，竟与姜小姐渐渐熟悉起来。她家所在的城镇尽管不如蓬城条件好，但她的父母也尽其所能地让她接受新式教育。

尽管如此，她所了解的还是不如蓬城的学生多。因尚未进行入学考试，姜小姐并不能正式入学，只得暂时作为旁听生跟着我一起到各个教室听课。

姜小姐名琬饶，她第一次到芃大图书馆的时候，满眼都是欣喜与赞叹。我便将照霖与我常看的一些书像雪莱、易卜生、泰戈尔之类的推荐给她，有时她在期刊上看到一些不懂的地方便来问我，听我谈起时，她的眼里总闪着好奇又钦佩的光芒。鬼使神差地，我竟没有告诉她好几处她所称赞的其实是照霖的见地。

因了她的缘故，我更常跑图书馆了。她看书看倦了时，总会趴在图书馆的木桌上小憩一会儿。有时睡过了头，见窗外已是暮色西沉，她便飞速地收拾东西，顾不得额头上被手臂枕出的红印子，小跑出图书馆，连连惊道："这样迟了，不好的。"

因为是旁听生，琬饶还住在照霖家中。我总是先将她送回去，再回到学校。

那段日子我总是心虚于与照霖碰面，但好在照霖总是在忙学校剧社的事情，回来也未曾与我多加交流，倒在床上便睡了。

有几次我旁敲侧击地试探琬饶，她竟垂了头，似乎有些不好意思地说："照霖哥平日里很少和我见面的，更别提与我说这些了。"

我于是放心了，谈起这些也更自在了。

二

琬饶正式入学后的第一件事，便是加入了学校的剧社。当我告诉她照霖在剧社中任职，并且还常在编、导、演乃至制景等各个岗位上游走的时候，小姑娘瞪大了眼，极为吃惊："我从不知他也在剧社之中呀！"

我还是常常同她一起吃饭、上课，偶尔也会将她送到宿舍楼下。只是加入剧社之后，她也开始忙起来，我由是常到他们排练的地方去等她。

旁听的半年，琬饶进步很快，现在她已经敢公然与照霖叫板。也许是照霖的编排之中本身就有什么漏洞，一向善于言辞的照霖竟然也找不出回击的话来，侧头思索了一会儿，坦然承认道："你说得对，是我思虑不周。"

事实上琬饶确实与照霖有相似之处。两个人都对认定的东西固执得不得了。但他们这样的人总是有一个通病——将一切都想得过于简单，过于理想化，不晓得变通，甚至也听不进劝。

就拿照霖来说，报国的方式有千千万万种，他却因听闻了笕桥航校的校训"我们的身体、飞机和炸弹，当与敌人兵舰阵地同归于尽"而深受震撼，非要死死认定开飞机的战斗才是最有价值的，甚至专门找人寻来多年前登出先总理孙文手书"航空救国"照片的报纸，剪下来贴在床头，时刻明志。

而琬饶最初想报考的专业是医学，她固执地认为战争即将爆发，做一些实际的救死扶伤的事，总好过在安全的地方备受煎熬。我曾劝她，像她这般天资聪颖的人应该在学术上有所建树，这未尝不是拯救民族危亡的一种方式。可她却说她眼里只有当下，想做的不过是一些见效快的事情。后来因芃大医学院不招收女生，她还为此郁郁寡欢了一阵。

排练结束以后，照霖破天荒跑来和我们一道走。我总以为相似的人之间应该要有一些针锋相对的，可他们俩在路上讨论起方才的排演，就如讨论一道文学题一样平常，仿佛达到了心心之间的交流。我在旁边静静看着照霖的眉飞色舞，偶尔琬饶像是担心我会被冷落般向我这边看看。

我意识到照霖终于发觉琬饶并不是他印象里的那种女子，他终会倾心于她的。我心知照霖与她更为合适，无论是习惯、看待问题的角度、处理问题的方式，甚至是对于可以预感的未来，也有着近似的决定——照霖希望报考航校，而琬饶则参加了学校组织的护理培训，希望能当战地护士。

这样一想，心里酸涩着，忍不住讲出一句玩笑话来："你们俩的名字听起来倒挺像一对的，不正是《春江花月夜》里的那句'江流宛转绕芳甸，月照花林皆似霰'么？"

此话一出口，照霖果然皱起了眉，神色不豫。反而是琬饶，她倒没什么特别的反应，只是看着我，她的目光平淡中夹着几分透彻："我与照霖哥的名字是出生前祖母就定好的，同兄妹一般。"

我立刻心虚起来，知道她明白了我的试探。但她没有表露出来，仍是照常与照霖讨论着，直到我们与照霖分开后，她才没头没尾地说了句："一纸婚约是困不住我的。"

我愣住，不由得停下看她。入秋了，傍晚的风夹着些许凉意，梅花未开，可我却隐约感觉到有梅花的花瓣落在她的发上、衣上，使她变得不真切了。

她向前又走几步，方转身来看我。她双手环抱着书，短发随着她的动作扬起来，暮色里衣袂翻飞。芃大的校服是中式上衣配西式百褶裙，她也像旁的女学生一般，绕过脖颈挂了一枚她从不曾取下的玉蝉，转身的瞬间，那枚透亮的玉蝉就在她胸前轻轻晃动。

"延瑞，"她第一次这样正式地叫我，"我们会有将来么？"

我很清楚，如果不是当初照霖那些近乎绝情的举动令她对照霖彻底失去了信心，她是无论如何都不会青睐于我的。可我不愿放手。她的这句问话如喜从天降般，我上前握住了她的手，笃定道："一定。"

民国二十六年，我与照霖将从芃大毕业。我正在和父母商量同琬饶的婚事，预备在我毕业之后先同她订婚，待她毕业后再结婚。琬饶虽不太赞同一毕业就结婚，但也认为先告知双方父母是必要的。

但未曾想过，一向支持我的父亲竟果断决绝地拒绝。

"我们赵家不会要一个退过婚、又爱抛头露面的人的。更何况你应该清楚，她并不适合在我们赵家生活，她和照霖才是一类人。"

我不知竟连父亲也看得如此清楚。尽管照霖依旧心心念念着他那位于杭城西湖之畔的中央航校，但琬饶也未尝不曾参与各种各样的学生活动。只是他们的不同之处在于，照霖对于未来的局势是略显悲观的，他只是认为国难当头，有志青年就该轰轰烈烈为国捐躯；而琬饶则对未来的局势有着近乎盲目的乐观。但在所谓的家国情义面前，他们的立场几乎是一致的。我不知道为什么他们俩还没产生感情，只是寄希望于琬饶，不肯甘心。

父亲见我还在犹豫挣扎，叹道："你本就不是激烈冒进之人，倘若非要让她进赵家的门，不是困住了她么？不如放她去跟照霖，一来她能随心所欲，二来你同照霖依旧是朋友。"

我心里的火焰终于被父亲浇灭了。当我知道照霖也倾心于琬饶的时候，我便对他心怀愧疚。我恨自己的懦弱，恨自己无法像琬饶一样坦然地说出"我的人生由我自己决定"这样坚决而没有后路的话。我明白我不可能像琬饶一样割舍下我的家庭，我做不到，就像她做不到放弃她的自由。

我从不曾向琬饶提起我曾看到过她的泪水。她并不爱哭，但那日却哭了很久。琬饶的右手小指受过伤，尽管平时看不出有什么异样，但那只手指是无法弯曲的。大抵是这个缘故令她在护理课上颇受挫折，某日下课后我去找她时，竟看到她一个人坐在走廊无人的拐角处低声啜泣。我没有上前，也许我对照霖的飞行梦有些许轻视，可却不忍对琬饶的护士梦嘲讽一分。后来她不曾提起这件事，我也没有再问，只是有时劝她放弃，她却更加坚持。我不能理解，这样的坚持就像一道深渊隔在我们之间，因为看不见，所以我常自以为它已经被填平。

与照霖的固执不同。照霖的固执在于，他对当前局势的悲观里隐藏着一种未来必胜的心态，他认为尽管局势艰难，但只要有人前赴后继，总会有希望的。而琬饶的固执在于她思想虽新，却因固守这片她依恋的土地而极度排斥往外走。我和她曾经有过一次争吵，那也是唯一的一次争吵。父亲希望我赴东洋学习，我知道琬饶不喜欢日本，于是便有到英美或者是法兰西的打算。但琬饶想也没想就拒绝我了，并且言辞严厉，仿佛我从不理解她。从前由于我对她的感情，我总是更加迁就她，更加配合她，以至于久了，我总对我们是同类人深信不疑。可我忘了，那道深渊一直都在，即便它看不见，也终究是道深渊，无法逾越。

我在墨似的夜里辗转难眠，我不知道如何说服自己，更不知道如何向琬饶开口。一年多来，她为了同我的约定，一直与照霖保持距离，即便是与照霖兄妹相称也总有疏离之感。负了她，我难以安心；可负了照霖，我同样难以再安然面对他。

唯有他们俩走到一起，才能平复我的心。还给琬饶自由，还给照霖爱人，还给我自己一个能够按照父亲所期望的走下去的理由，这也是我能想到的最好的结果。

我同琬饶依旧约在梅园的小路上，谈起我们的婚事，我已能坦然。我曾恨自己懦弱，可恨到最后竟习以为常，并不觉得自己有什么过错，终于也变得心安理得："我想过了，天高海阔，我不想用我们的婚事困住你，不想你同那些寻常女子一样，最终只成为一个被囚在高阁里的妇人。我情愿让你随照霖，他一定会好好待你。"

她先是涨红了脸，再变得煞白，听我讲完这话，却又仿佛活过来一般，语气里也带了几分不屑，"人总是喜欢为自己的过失找理由，仿佛只要找到了理由，哪怕错了，自己也能心安"。

我听出她是在指责我不该把背弃约定标榜为为她好，正欲解释，忽然天空中传来长久不绝的轰鸣，连地上也轻微震动起来。

原来蓬城是这样一座安逸的城。上海的沦陷甚至没有打乱它生活的节奏，一切依旧有如雁的南行北归般井然有序。谁也不曾想过山河破碎只是一瞬的事，转眼周遭的城镇都陷落了，蓬城才匆忙起来。可为时已晚，黑压压的一片日机像密密麻麻的蜂群，顷刻炮火就裹挟着尘土呼啸而来。

蓬城、芮大毁于一旦。

等我反应过来的时候，自己已经跑到一处断墙边躲下，我茫然地看着周围混乱的人群，耳边恐惧和痛苦的哭嚎都模糊不清，只剩自己的心跳，震耳欲聋。

渐渐清醒后，才猛然惊觉我竟撇下了琬饶，甚至没有拉她一把！

我在逃跑的人们和燃烧着的火光之间急速搜寻她的身影，见她竟还呆立在原地，手足无措的样子。

我欲起身去找她，但炮火未停，我只觉自己的双腿仿佛被钉在了地上，动弹不得。我张着口，甚至连声音也发不出来。

正在我干着急的时候，隐隐听见照霖的声音夹在哭声、炮声和噼啪燃烧的声音之间。我从未见过他如此凶狠的样子，他气急败坏地大喊着："姜琬饶！你站在那里做什么？等死吗！"

说话间，他已经飞奔到她身前，一手扯着她往前跑，一手护在她头部，把她拖到隐蔽处躲着。也不知道是不是火光扭曲了我所见的景象，她将脸埋在照霖的衣前，身子微微颤抖，嘴唇翕动。

周遭混杂的声响如潮水般涌入我的耳朵，我是听不见她的声音的。可我却从她颤抖的嘴唇看出了她想说的话，由是那话带着她的声音和语气轰然在我脑海中炸开，震耳欲聋。她说：

"我该知道的……我早该知道他是这样的……"

随着蓬城主城区被轰炸，大批的居民也开始向西部迁徙，一时间蓬城混乱不堪。我灰头土脸地回到家时，父亲已经打点好了各项事宜。他总是有长远的目光和果决的能力，在这一点上，我远不及他。

父亲几乎是命人将我塞进了车中，一路颠簸，我昏昏沉沉的，但总还是没能睡着。

那是一段相当漫长而痛苦的旅程。国破家亡，街市上、小道上、乡野间都是衣衫不整、食不果腹的流民。漫山遍野，随处可见或是晕倒在路边，或是围着将死之人无能为力而只能哭泣的人。这些日子我们流了太多泪水，可上天并不因此垂怜，苦难也变得更加深重。

一路都在赶着，为了逃命，我们疯狂地跑着，不敢逗留、不敢停歇。我曾在半途中遇到同样西迁的姜家，照霖和琬饶正将他们的吃食分给路边的几个孩子。他们的脸极脏，空荡荡的袖子底下，伸出瘦得只剩骨头的手，渴求地望着照霖和琬饶。

照霖和琬饶似乎是回车上清点了食物，然后慷慨解囊。

我正欲下车帮忙，父亲突然握住了我的手。我一惊，转头去看，见他紧闭着双目，头仰着靠在皮椅上，说："难民这么多，帮得了一

23

个，帮得了所有么？徒留希望而已，倒不如不要看。记得我曾让你做过什么吗？"

我知道父亲指的是让我去见那个客商的事。起初我只以为父亲是为了锻炼我，当我见到他并得知他是个东洋人时，尽管曾指责父亲，但终是听了他的话，老实与那人结交。

正在不解时，父亲却道："千百年来，无数入侵中华的文化最终都被中华文化所同化，在力量如此薄弱之时，忍耐方为上策。忍耐并不是冷漠，只是选择用另一种方式救赎。"

我看向窗外，婉饶的目光似乎向这边飘来，我慌忙别过头，不敢想象她的目光。

我们比姜家早了些日子抵达武汉。我不记得自己一连睡了多少天，当我从床上爬起来，望着镜子里长出细碎胡须、双眼无神的自己时，我突然觉得昨日的一切都已经远去了。人是如此健忘，在找到落脚处后就轻易将曾经抛诸脑后，不记伤、不记痛。现在的自己陌生得很，我不惊惧，也不欢喜，只是听到一声叹息，分不清是不是自己的声音。

三

我与照霖约在河边的酒楼，我到时，他已经坐在小楼上的窗棂旁。从蓬城逃至武汉后不多时，照霖便如愿以偿进入了西迁至云南的空军军官学校。只可惜抗战以来沿海城市相继陷落，他终是没能在他向往的杭城完成飞行的梦想。这是照霖为数不多穿西装的时候，他不算是特别高大的，但因偏瘦显得身形颀长。他在我的印象里还是学生的模样，因而我总无法想象他竟是在天上搏命的人。

母亲说照霖的眼睛里总有一股锐气，尖而利，仿佛苍鹰能直取人心。

我从前并未在还是学生的照霖眼中发现过，现在却在成为空军的照霖抬眼看我时感受到了。他的目光落在我的脸上，仿佛我是与他在长天里搏斗的敌机，顷刻便被他死死盯住。

堂倌将碗筷和茶放下，我也率先转移了目光，看向那壶茶，不由得问道："来酒楼竟不喝酒么？"

"我不喝了，你要喝的话我便叫二斤给你。"

照霖自进入航校后，就保持着良好的生活习惯——滴酒不沾，正如他一生都如此清醒。这不仅是因为新生活的开始，还因为空军的阵地上随时有可能拉响警报，他必须时刻保持警惕。

我摆了摆手："我一人喝有什么意思？"

小楼上只坐了我们一桌。虽是个小酒楼，但碗筷极为精致，茶杯里浮着几片细碎的茶叶，吹一吹，清绿的茶水便漾起浅浅几层涟漪。

照霖抬手夹菜放入我碗中："我听说你家在庄城城郊还有个院子，可有地窖？"

我一面举起碗接菜，一面答道："有。"

他看着我将碗里的菜吃完，又端起茶杯放至嘴边，却并不喝，低声问："我想在那院子里藏个人，你可有把握？"

我放下筷子，"庄城可是沦陷区……"

"我知道那是沦陷区，"照霖的语气急而恳切、"我实在没办法了才来找你的，七天，只要七天我们就能把人接走。再不行把他藏在地窖里也可以！"

我看着照霖期盼的眼神，明白他可能尚不知我赵家的家业为何在这兵荒马乱的年岁里还能发展壮大。我想拒绝，可我在他的眼里看到了一个 19 岁的、还纯粹着的自己。

不过四年，再没人把我当成 19 岁的少年，唯有照霖，初心不变。

我咬牙道："你放心，交给我罢。"

照霖紧绷着的神情终于放松了下来，脸上也有了笑意："那就拜托你了。他是我的朋友，名叫西诺洛夫，是个洋人。他一个人能当我们好几个人，麻烦你务必照顾好他，他身体金贵得很，出不得半点差错。"

次日，一个中年人带着一车粮草暂时落脚在庄城的小院。粮草里钻出来一个金发的青年人，深邃的眼睛里映着辽阔的碧空，神采奕奕。尽管胳膊上的伤未好全，但他逢人便作揖道谢，"多谢"是他讲得最好的中文。

父亲得知此事，特意派人出去打听，这才得知这个洋人竟是苏联的一个什么航空队的飞行员，因在空战中击落六架敌机而令敌人闻风丧胆。前几日在敌军机群的围攻中跳伞落到庄城城郊的一个村子旁，幸而会讲几句中文，被附近的村民救起。日军正在搜寻这个飞行员，整个庄城几乎已经被他们翻了一遍，而我们赵家小院竟有几分薄面，尚未被搜查。

我见父亲皱着眉，心知他必然不满，忙道："照霖说只借我们的院子七日，如今已过三日，马上就有人把他接走了。"

父亲扯开领口的扣子，愤然道："你可知那洋人是个祸端？我们何等小心才走到今日，你又何必再节外生枝？"

我知道自己一时的热血上涌惹下了麻烦，却还是硬着头皮说："照霖是我的朋友，我想帮他。"

"现如今空军都要打没了，照霖这么固执，迟早是要没命的！"

我讶异抬头，不敢相信这样狠毒的话是自父亲口中而出，但我也明白，父亲并不是在说气话。

"听我的话，把那洋人和照看他的人交出去。剩下的我来周旋，"父亲缓和了语气，"庄城的院里还有十几号人，你也不希望他们为一个洋人而死吧？"

离开蓬城已近四年。在逃难的浪潮中，由于父亲眼光长远，早将家业转移到了西部，我们家才没有损失多少。这些年我遵从父亲的吩咐，学着与各式各样的人打交道。西洋人、东洋人，我以飞快的速度变得圆滑。

当各种死的消息由报纸或由闲言碎语传入我的耳朵的时候，我有时庆幸，那与我无关。

在这场旷日持久的希望渺茫的战争中，我早已听惯了失败，早已习惯了逃难。立场如何并不重要，没有什么是能长存于世间的，唯有活着，才是最真实的。

死很轻易，但活着很难。

忐忑不安过了半旬后，收到照霖亲自托人送的信，竟是琬饶的消息。信上寥寥数言，写着琬饶的灵堂设于姜家云云。我知此时去见照霖必然要承受照霖的怒意，可我心里总还是想见琬饶最后一面。

琬饶离开蓬城的时候只与照霖告了别，照霖说她格外平静，只是走得决然，任照霖怎么劝阻也不肯留下。我总认为是那时我伤了她的心逼得她做了投笔从戎的决定，却不知她一个柔弱瘦小女子竟能做到如此地步。

不过分别四年，琬饶于我而言，却像是很遥远的存在了。我并不常忆起她，因为颠沛流离的生活没有片刻停歇。但有时我还是会怀念她，怀念她温和的嗓音，怀念她在听我讲雪莱、易卜生时稚气未脱又渴求知道更多的闪着光的眼神，更怀念新雨过后梅花落在她的发上、衣上时淡淡的香气。

姜家与我们赵家是同时迁到武汉的，但照霖与琬饶从军之后，他们将更多的精力投入战争，再加上琬饶家等一众亲戚都投靠了他们，开支太大，因此日渐没落。武汉的姜家与赵家已经无法比较，再加上这次丧事是由回家休养的照霖一手准备的，一切都十分简洁。

穿过短短的木廊，到达偏厅，白色的帐幔下仅有一个人。他听到我的脚步，转头看我，我这时才发觉他穿着他惯常爱穿的空军军装，胸前有一个大大的"耻"字，与他略显苍白疲乏的面色不甚和谐。

确认是我，他又转回身去，负手而立，站得笔直。他永远像一棵挺拔的松柏，从不倾斜、绝不弯曲，只有被拦腰斩断，才有使他倒下的可能。他曾说每个人的脊梁都是直的，只是有的人站得太久了，想放松一下，可从此就再也直不起来了。他所服役的空军第五大队在与日军的作战中折戟沉沙，番号被撤销并改名为"无名大队"，队员胸前都佩戴上了"耻"字胸章，可照霖的脊梁却依旧孤傲地挺直着。

他凝视的是琬饶的照片，是她初到蓬城时拍的。照片上的她腼腆羞涩地微笑着，正是那时纤尘不染的模样。

我正欲点香，却听见照霖道："你想见她么？她就在那。"

他指了指身侧挂着白花的棺材，依旧背对着我。如此，便是我本不愿，也只得上前去了。

姜家极是重情义，未过门儿媳的棺材也用了上等的木料。我抬手缓缓触摸棺木，要发力推时又不由自主地停止。我想起琬饶明亮的眼睛，她的纯粹干净的笑容，她流过的泪水，她的愤怒、她的悲伤、她的平静，我才发现自己恐惧到战栗。我害怕看到她就那样静静地躺在那里，无声又无情地审判我的无耻与懦弱。

可照霖偏不放过我，他冷着脸转身走到我身旁一把推开棺盖。白绢花随着他动作之大滑到地上，棺材轰的一声打开，赫然显现出内部来。空荡荡的棺材里竟只有几套衣服，衣服上放着琬饶从前随身佩戴的一枚玉蝉。

眼前的景象太过令人震惊，我呆呆立在棺材旁，手中的香折断了都没有知觉。

照霖淡淡道："我父母收到她的阵亡通知书后曾辗转托人打听，终是未能寻回她的尸骨。"

我的喉头干涩得发不出声音，跟跄半晌才道一句："怎么会……？她那么缺乏安全感的人……"

"看来你还是不了解她，"照霖的声音轻飘飘的，仿若从极寒的虚空里传来，"去年我负伤时曾在空军医院遇见过她，她正申请到前线的野战部队去。那时她说，'山河为墓，何愁无处安栖？况且生命只要好，不必在意身归何处'。她不在意，可我总还是要给她一个衣冠冢。"

我一时哑然，只得低声道："是我害了她……"

照霖看向我，语气一如当时的琬饶那般平静："你想多了。她本

28

就是这样的性子，如若当初没有你，她也会做同样的决定。在蓬城和芇大陷入战火之时，她就将生死置之度外了。"

"以她的才华，何必非要投身战场？她可以在安全的地方贡献力量。"

"在逃难的路上遇见那群孩子的时候，我就知道她绝不是能够坐视不理、去乱世中寻一方安静的书桌潜心钻研学问的人。寸土寸血，现下的世道的确需要忍耐者，前有马将军占山伪投于敌，后有张将军自忠与日交涉，但二者皆以行动力证清白，可见并不是每个人都能成为真正的'忍耐者'。"

一语中的。我在照霖咄咄逼人的双眼中看到一个脸色惨淡的自己，尚未来得及开口，照霖又道："我们不要再见面了。倘若说当初你背弃琬饶，我对你尚留情分，认为你是有无法摆脱的苦衷；但当你把西诺洛夫和张先生交出去的那一刻，我和你就已无话可说。"

他别过脸，甚至不愿看我，"琬饶说的对，这世界本就这样，你不过是与普罗大众有着相同想法的其中一个，她不能恨一个普通人……可我却不能不恨你。我有时不愿看得那么清楚，不愿知道自己九死一生为的竟是你这样的人"。

四

我不记得自己是怎样慌不择路地逃离这片土地的。时间是留不住的，生命总有缝隙，它转眼就溜走了，让我逐渐遗忘了我最不愿记得的那些记忆；但时间又总是过得太慢，离开故土后的每一分每一秒我都过得像一个迟暮者，以至于我甚至没有发现自己正在老去。

在国外的一切都好，儿孙绕膝、福泽满堂，直到有一天一个老人不远万里跨越国境敲开了我的门，我才意识到，我竟然如此渴望回到故土。

是西诺洛夫。暮年的他已无年轻时那般光彩，尽管他曾被全力营救，但在敌人的监狱里受到的种种酷刑还是给他的身体留下了无法愈合的伤疤。由此，他便再与蓝天无缘。

这是我应承担的罪责。

西诺洛夫希望能回中国找寻"二战"时他的战友的尸骨，并为我带来了有关照霖的消息。他的经济条件承担不起这样漫长并且渺无希望的找寻，而我恰巧能为他提供支援。

我不知道我是如何坐上那班航班的，只是山河苍茫、物是人非。从舷窗向外看去，地上的一切都渺小如蝼蚁，但我清晰地看见了我年少时曾经历的一切。那些人和事在我眼前一一重现，与眼前的江河大海重叠，波涛汹涌。我知他们生，但并未在意他们的死，这一刻我的脑海又如放映胶片电影般想象出他们生命里最后的时刻来。

飞机爬升的坡度越来越高，西诺洛夫往我手里塞了一个氧气面罩，强行帮我戴上。

这里是驼峰航线，深山峡谷终年积雪不化、雪峰冰川连绵起伏。如今我们乘坐的飞机已经能易如反掌地飞过这条"死亡航线"，但在当时，最先进的运输机在满载的情况下能够爬升的最高高度，与整条航路大部分的平均海拔是几乎一样的。

西诺洛夫感叹道："这就是'铝谷'。"

天气正好，碧空如洗、万里无云，崇山峻岭中、急流峡谷间，有星星点点晶莹的光闪烁着，这是当年坠毁的飞机铝片反射阳光所致。我感到有一双手紧紧地扼着我的喉咙，尖锐的指甲抵着我的下颚，逼得我喘不过气来。这些我从未身临其境的事情从前对于我来说只是印在书页上的文字，我没有了解，却不由分说地就认为它能轻而易举完成。

这才惊觉，照霖曾经说过的那句"九死一生"，其实有多么轻描淡写。

飞机上安静着，我屏住呼吸凝视着，不敢漏去一点光亮。

我知道在这皑皑白雪里的数千片光中，有一片属于我的朋友照霖。

民国三十年，空军境况极为惨烈。照霖蛰居在家数日，最终接受建议到中国航空公司改飞民航。改飞民航，意味着照霖必须在最短的时间内做到绝大部分中国空军不熟悉和不能掌握的事情，那就是驾驶双引擎飞机做仪表飞行。此外，他的职务也需从副机航长开始做起，还要有相当长的一段考核期。

可他还是去做了。我知道他是怎么想的。偌大的姜家已在风雨飘摇中逐渐凋零，那时又正逢琬饶阵亡的消息传来，加之空军第五大队一败涂地，抗战局势一颓再颓，似前路渺茫。照霖的胸口始终压着一口气，他无时无刻不在想着重新驾驶飞机，一心为国捐躯，恨不能魂断碧空，一了百了。然而，空军战机已经损失殆尽，他于是去了一个能让他重返蓝天的地方。次年，照霖就作为为数不多的中国机长之一，开始带领华人机组飞驼峰航线北线。

这条不计成本、不计代价、不分昼夜、24 小时换人不换机飞行的航线上，长眠着数千中美英雄，照霖不过是其中之一。根据记载，每飞跃 10 次驼峰，飞行员的皮衣上就会印上 1 只骆驼。据说照霖的衣服上印着 28 只以上的骆驼，但随着他的机组沉睡于冰雪之中，关于他的资料也变得模糊。

我从前只觉得照霖所编排的话剧里总有些过分的愤慨与哀泣，却不曾想过，他最终也同那啼血杜鹃般，于天地间空留一声悲鸣。

照霖的运输机坠毁于民国三十四年年底。彼时侵略者虽已投降，但驼峰航线上仍有运输机在飞行。谁也没有想到，几百次翻越驼峰所遇到的各种险情都没能将这个俊朗的青年击倒，上天却让他消失在了没有日机拦截的驼峰航线上。

他死得太迟，甚至不能被认定为抗日英雄加以抚恤。

没有人记得他，他的名字和他的飞机一起，在这片人迹罕至的地方被冰雪渐渐覆盖，连一株草都长不出来。

我与几个曾经飞过驼峰航线的美国老人开始筹资搜寻这些飞行员的尸骨，但进展并不顺利。尽管坠毁的飞机数量众多，但航线太长、环境太恶劣，能被找到的也只有寥寥几人。

寻找照霖花费了三年。当我亲眼看见那副白骨上挂着的玉蝉时，我就知道确是照霖了。琬饶的玉蝉原先只是用红线拴着，照霖将红线换成了一条金链，还在玉蝉上也镶了金。也许他早就预想过自己的结局，可他还是想留住什么。这么多年，身体不存，可这枚玉蝉却还保持着大概的模样。

我不由得想起他曾转述的琬饶的话：山河为墓，何愁无处安栖？

他与琬饶才是一样的人，不问归处、只求心安。

照霖家已经没有后人，我只得联系了他的一个远方侄子，征得他的同意后，为照霖举办了一场追悼会。

一半的尸骨安葬于空军烈士公墓，一半的尸骨散于风中。山河为墓，终能重逢。

我原是打算将当年伴随他由生到死，又伴着他的白骨在漫漫无终的茫茫雪谷中支离破碎的玉蝉也放入空军烈士公墓，后来经照霖的侄子同意，这枚玉蝉被捐赠给了蓬城博物馆。也因此，追悼会的当天来了很多人。

那天孙儿为我在木椅上垫了棉垫，我拄着一根木手杖坐在一旁，看着这些来来往往于照霖牌位前鞠躬致敬的人们，不时向他们点点头。偶尔有几个记者过来采访我，我也一一向他们介绍。

人潮渐渐散去，我的余光里出现一个老人，她穿着一件朴素的长裙，花白的短发卷着，鼻梁上架着一副细框眼镜。她到得晚，后面没什么人，因而有充足的时间细细打量着照片上的照霖。那是照霖加入空军不久时着空军军装拍摄的照片，是关爱抗战老兵协会的志愿者帮忙把资料调出来才找到的。照片上的青年表情略微严肃，可眼中却仿佛有光。

她看了许久，从旁边的盒子里取了一枝白菊，双手握着将其举至胸前，深深鞠了一躬。她握着花的时候，右手的小指直着，显得有些僵硬。

　　暮年人的直觉总是这么准确，我叫孙儿把本子递来，颤抖地接过，一页页翻动着，在最末找到一个娟秀的楷体写的名字。再抬眼，一个十七八岁的妙龄少女与眼前抬起身的老人的身形刹那重合。那少女身着芃大特有的深色湖绉棉袄配西式百褶长裙，脖颈修长，系着的红线下方垂着一枚玉蝉，直至胸前。她身形瘦削，但一双眼极其有神，乌亮的发间有淡淡的早梅的清香。

　　低头反复查看，那名字确是"姜琬饶"。

　　我仿佛被抽离了力气般跌坐在椅子上，再确凿无疑的事实摆在眼前。

　　她转头来看我，眼睛清澈，仿若未染纤尘，也的确纤尘不染。

　　没有一点儿表情、没有一点儿动作，她只是平静地看着我，一秒、两秒，然后转身离去。

　　她还活着！

　　她认出我了！

　　可我……却没有勇气上前唤她一声。

　　直到这一刻我才发现，这片这样广袤这样宽阔的土地上，竟没有半寸容得下我这个渴求归乡的人。我明白此生是无法赎罪了，我没有资格与他们同眠于一片土地，哪怕半个世纪都已经过去，那些我自己加在身上的镣铐，原来竟从未减轻半分。

　　我终是和他们说再见了。

尾　声

　　我是在新闻上得知琬饶过世的消息的。

　　半副尸骨入土，半副尸骨随风。

　　山河为墓，终有重逢。

长烟落日孤城闭

许炜妍[1]

当落日渐渐被夜幕吞噬，肃穆逐渐笼罩大漠时，林烁已经在城楼上站了快一个时辰。任由西风扫得身旁的军旗飒飒作响，他也只是中途伸手，逗了逗飞上城墙的信鸽。

许是站乏了，林烁整了整身上的披风，慢慢挪回房中。

踏入房中，地龙已经燃起，烤得身上暖怠。林烁闻惯了的脂粉香味里裹着一丝药味，不禁皱了眉，掀开内室的珠帘。果然，一旁的吊炉上正咕嘟咕嘟冒着烟，翻卷出那缕药香。

"我不是说了不用喝药了吗？"林烁把脸皱成一团。

"你是大夫还是我是大夫？"一把清冷的嗓音铮铮回响，"刚才在城楼上吹了那么久的风，我要是不把这碗药灌下去，就等着被你折腾死。"女孩背对着林烁，头也不回地丢下话。

林烁走到她身前，刚跳着脚想辩驳自己好着呢，就被女孩打断了："你是想说一个月前喝下那碗毒药的人不是你？"

林烁眼见她又要生气，只得坐下来安抚："我知道那碗药里掺了毒，可不喝又怎么能让咱们这位多疑的圣上对我放心呢？"

女孩自顾自摆棋盘的手一顿，棋子落错，清脆的响声仿佛还绕在指尖，敲在林烁心中。

当今圣上乃是先帝第四子。曾有谋士在先帝晚年进言："长子无能，次子无勇，三子忤逆，四子纯孝。"先帝晚年昏聩，听信谗言，

---

① 广州大学人文学院 2016 级 3 班，汉语言文学专业。

赐死三皇子而立四皇子为储。紧接着，已是太子的四皇子逼宫上位，将皇长子、次子皆处以极刑。老五昏懦，老六多病，不足为虑；剩下的七皇子林烁，本就游手好闲，脾气乖戾，反倒得当今圣上宠信，哄得他服服帖帖。

"前些日子突然赐下来这么一碗药，左不过是为了刺探我是不是在韬光养晦罢了。"林烁在棋盘上落了一子，"吾之毒药，彼之定心药。毒不死救回来也就没什么用处了。"

"我头上这把斧头，指不定什么时候劈下来。倒不如以退为进，生机或许还大些。"

女孩看着林烁素白的指节轻巧地挟着一枚黑子。就是这双手，将她从漫长的噩梦里解救出来，牵着她一步一步走出来。她拿起白子，准备落棋。

"所以那碗药我还是不喝了吧？"

嘀嗒一声，女孩落错了子。一抬头，撞见那人戏谑的调笑。

罢了，由得他去。

六月十三是圣上生辰。七皇子的贺礼早就呈了上去，哄得圣上龙颜大悦，便在宫禁内多盘桓了几日。等回到自己府中，已是七月初了。

"这次多留了几日，没来得及给你过生辰。不过我带回来一样东西，你一定会喜欢的。"说罢，林烁献宝似的挥手让侍从抬了上来。

那是一把古琴，漆黑如墨，唯有尾部渗着一丝丝殷红，斑驳似顷刻间喷洒而出的血迹。

"蓁蓁，生辰礼物可还喜欢？"

有些迟疑地，女孩轻轻用手拨动琴弦，古琴微鸣，犹如哀鸣，悲叹自己。

"无垢琴，大圣遗者，焦尾琴，传说中皆是非祥非瑞的名琴。你倒好，急吼吼往家里搬。"

"琴者在人心。你若是信了它不祥，倒是真要为这把琴一哭了。

还是说，你对这以前放在你家里的琴有心结?"

女孩眼中的悲伤不言而喻。圣上还是亲王时，以琴为幌，污蔑其父，全府被诛，只剩她躲过一劫，终日在梦中与幽咽琴音为伴。

"我绝不会让这样的事再发生的。"

"等这事了断，蓁蓁也该做新妇了。"

"待过些时日，本王一定要让自己的义妹风光大嫁。"

林烁的话还回荡在耳边，女孩立在窗边，暗暗攥紧了手里的小物件。望向铜镜中她与林烁越来越像的容貌，宛然一笑。

过了几日，宫中传出圣上突病的消息，大街小巷传遍了流言，说是死在三皇子手上的冤魂回来索命了。也不知是惊吓过度还是另有阴谋，圣上急召七皇子回京。

收到圣旨的那一刻，林烁觉得意料之中。只是接下来一路上还会发生怎样的事情，他心里实有不安。悬在头上的斧头微微擦过头皮。

一股熟悉的脂粉香飘了过来："给他下的药起作用了?"

林烁点点头，他突然觉得有些困倦。迷迷糊糊中，只觉得自己从未这么累过，睡意之下，支撑不住。醒来时，被下人告知，女孩已扮作他的模样，前去京城。

林烁气急败坏，即刻从府中出发，一路上不断打探，到底还是没有女孩的消息，反倒是先到了京城。林烁只得按照原计划，逐步监国、理政。

那是个阴冷的日子。毒发后落下的病根，使得林烁在天气不好的时候总是咳嗽。想起昔日那阵脂粉香和药香，林烁有些气闷。

宫人前来斟茶，一不小心碰碎了天青窑的茶盏，茶渍洇湿了祥云纸上的墨迹，林烁忽想起女孩不小心打翻药汁时留下的印记。

下一刻宫人来报。林烁顷刻起身冲出门外，带翻了周围的陈设也不在意。

找到蓁蓁了。

可她已经走了。

白衣被血水染红，英气的眉目被血迹玷污。林烁跪倒在她身前。

"我给你取名吧，名灼，小字蓁蓁，好不好？"

"蓁蓁，知道我为什么给你取名林灼吗？"

因为灼灼其华，宜室宜家。

他掰开她握紧的拳头，玲珑剔透的白玉骰子上安着血色玛瑙，像极无垢琴上血丝的颜色。

林烁只觉得天旋地转，冰冷的斧头劈了下来，带走了他所有的力气。

"我绝不会让这样的事情再次发生的。"

是啊，不会再发生了，因为你已经不在了。

次月，圣上驾崩，林烁继位，励精图治，铁面无私。世人皆称其"铁面冷肺"，晚年让位，退居大漠。

玩 笑

王莹雪[1]

　　混沌在喧嚷，只有红色的收银台、红衣的收银员还在勉强保持自己的轮廓。

　　这里，足以满足感官上所需的整个世界。世界以高速飞转。我挣扎过，愈被环抱得更紧，直至旋涡的中心，时间之流在我怀中挣扎。

　　火海中，蚂蚁拧成坚实的球体，仅靠一根蛛丝高悬在枝杈上。火舌贪婪地舔舐着临危不惧的荒诞，世界在疯转。钱柜像一条舌头被收银员搋着拼命地吐纳，疯狂地吸入、吐出，吸入、又吐出。吸入几张纸，吐出"高级"食粮和相对于可怜的人类先祖来说极为奢靡的享受。梭罗在火海中高喊：愚蠢的人类啊！我反对长时间地拼命做苦工，因为是它强迫我拼命地吃和喝。吃东西不是为了养活我们的生命，也不是为了激励我们的精神生活，而是为了在肚皮里缠住我们的蛔虫。怪诞，迷离。

　　舌头，蛛丝。收银员，火舌。蚂蚁，愚蠢的消费者。

　　一个婴孩，躺在母亲的臂弯，在纷乱中坦然微笑。

　　他咧着嘴，嘴角长在上帝花园中的山谷。一颗苹果荡入山涧，口水漫延成天边潺潺的溪流。长长的溪流，托起母亲的长长的梦。梦中那长长的河畔，却见，母亲光着脚丫在迷雾中彷徨。菁草是她

---

　　① 广州大学人文学院 2016 级 3 班，汉语言文学专业。

的裙摆，黏土是她的上衣，水中的星星是她的眼睛。忽而，流星划过，昧旦驱逐黑暗。太阳被上帝的沙漏筛成碎片。迷雾仍在，金斯利烟囱中的水孩子钻进溪流，在水中高唱：清澈又凉爽，清澈又凉爽，流过欢笑的水滩和做梦的池塘。凉爽又清澈，凉爽又清澈。无污的水，留待无污的人儿，到我这儿来玩吧，来洗澡吧，母亲和孩子！温暖的花瓣，托起涂着树脂的篮子顺着溪流飘来。微微颤动的水波，是熟睡的婴孩的胸脯，阳光在微微张翕的玫瑰色鼻翅尖奔跑。母亲在岸边收留了他。

生命之始，他却报之以微笑。澄澈的目光，从缥缈的原始空间射过来。是飞矢、冰凌，是怜悯、威严。我看到凡·高的星空，以及难逃的归宿。

静穆淹没一切。

咣当，万物在寂灭中重生。

咣当，最后一片枯叶终于安息。

辗转千回，尘音飞绝，空落落了半个秋。

生命之终，我报之以歌：冬天来了，春天还会远吗？哦，举起我吧！我是潺流、树木，我也可以是一只云雀。

梦中点烟抽寂寞，晕开铺天盖地的夜。一堵墙重重砸在通往过去回忆的门槛，但我，鼻尖已闻到熟悉的花香。嚼着惺忪草香，亲吻山罅里的泉响，追逐燕语呢喃、虫鸣嘤嘤。奶奶端坐在藤椅，鼻梁架起老花镜，眯着迷蒙的双眼，窥尽人间世态炎凉。满手山川沟壑，任听银针浅吟低唱。鬓间的游丝呵，缠绕着碎布，魂牵梦断。终了，勾勒出一只消逝天边的云雀。镜中午后的光点，踩着孩童那双稚嫩的脚丫在墙上奔跑。殊不知，衔到金灿灿阳光碎片的云雀却说，奶奶你眼角的新月可真好看呐！奶奶憨笑了，新月藏住了夕阳的惶恐。

我也笑了。毅然拔掉塞在鼻尖的氧气管，空气开始沉闷，可我不打算挣扎。那副骨骼，那些搭在骨架上的松弛的肌肉，早已不属

39

于我的一部分。只有我的气息还在，魂灵还在。眼前的世界依旧混沌空洞，竭力睁大眼睛，只瞥见死神砧板上，一只被缚的羊羔。挣扎，也是枉然。无尽的空气在鼻尖戏谑、游离，只有细若游丝被卷进了黑黝黝的鼻孔。飘飘欲飞，灵魂向着光明，近在眼前。迷迷糊糊间，魂灵不得不在软绵绵中陷落，熟悉的温热在我胸腔间震颤。

不舍，不忍。我决定了。

即刻，重铅狠狠地，拽着我摔下烈焰熔浆。无尽的黑暗像饥肠辘辘的寒鸦，将我撕扯成碎片，松弛的骨架紧紧护着它。化成灰烬瞬间，贴在胸口的温热闹腾终于平息。啾的一声轻啸，一只金色的云雀终于破壳而出，飞向天际。瞧，外婆眼角的新月。

许多模糊的人影又在我眼前攒动，气管中又涌入源源不断的氧气，耳畔的梦又被昼夜不停消的只可勉强延长性命的机器滴滴的叫嚣声撕得破碎。我只是想，在生命之终，将疲惫的身躯装进那涂满树脂的篮子，顺着水流流向在迷雾中彷徨的母亲。

不能承受的生命之重呵。

阴影中，黑色的火舌舔舐着无垠的星夜。

诡谲、神秘、澄净的线条在深蓝的天幕舞成一团团烟，雍穆中的绚烂无人问津。星辰在罗纳河里飞旋、爆发。唯独一个疯子，从震颤的神经里看到了整个宇宙。他是疯子吗？

世人劈头盖脸地给他砸下"疯子"的标签，可凡·高却无比清醒地说，每个人心中都有一团火，路过的人只看到烟。是疯子也罢，不是疯子也罢。我不得不夜以继日地作画，幻梦带来的热情一直停消不下。

深夜，热情停消不下。老鼠骨碌碌划过市街，捣鼓了所有垃圾桶。野猫让影子在月下狰狞，只为吓走树上蜷缩的鸟。隔墙的摇滚少年，抱着把贝斯在云上驰骋。越飞越高，乐音凝了寒露，摔了一地艰涩。而我，躲在被窝里，在书页摇曳间洗去不得已的喧嚣与浮躁。

40

摊开的书，是高擎的星辰。诡谲、神秘、澄净的星光贴着我的额头飞旋，渐渐的，我变成了凡·高的星夜。

从生命之始，到生命之终，又迈向生命之始。

人生何尝不是一个玩笑？但可别忘了在戏谑纷乱中找到一丝足以安顿内心的雍穆。

二等奖获奖作品

红木棉

刘玉玲[1]

春天来了，红木棉要开了
古老的树，沟壑纵横
年迈的树根奄奄一息
奄奄一息，他沙哑地咳着
咳出一摊血来，四处晕开
染红身旁洁白的花朵
稚嫩的眸，含着泪，哽咽：
是啊，春天来了，她
得走了，去那高高的枝头
绽放

春天来了，红木棉要开了
古老的树，沟壑纵横
树根沉重地劝着，安抚着：
孩子，你走吧
走！不要回头，去最顶端
让世人仰望你，娇美地绽放
幼小的骨朵抽泣：
不！我不走，我要陪你，陪着你

---

① 广州大学外国语学院 2014 级 1 班，法语专业。

老去……

春天来了，红木棉要开了
古老的树，沟壑纵横
洁白的花已变红艳，那红
是树根的血，她把灵魂
驻扎在这片土地，把生的希望
融在少女嫣红的花瓣
永远地，闭上了眼睛
而年幼的花，她淌着泪，往上爬啊
不再踌躇也不可退缩
因为绽放是她这一生唯一的
使命

春天来了，红木棉开了
灿红的花，簇簇拥拥
她就在枝头，凝聚一生的绽放
何妨急骤的风，何妨粗暴的雨
铭记树根渴望一生的梦，她泪眼婆娑：
亲爱的树根啊！您看一眼
看一眼，您用血凝筑的红艳吧
可土地沉默着，纵使沉默无法掩盖，哀伤
晶莹的泪，一束束滴落，风轻轻地，把它
带走

春天来了，红木棉开了
灿红的花，簇簇拥拥
那朵盛放的木棉，她无声地
凋落。夜看见了，她不敢泣

怕惊扰土地，清甜的梦
可她分明知晓，少女零落的低语
她鲜血淋漓的梦啊，不是绽放
而是守着树根，生生世世
倦鸟终归巢，而她，归于
尘土

春天来了，红木棉开了
灿红的花，簇簇拥拥
树下，年轻的母亲牵着女孩走过
童稚的声音充满生气：
妈妈，你看，这花好红啊
年轻的母亲凝望着，喃喃地回：
是啊，真红，像血一样红
可为什么，这般艳丽的红
却弥漫着悲壮的伤，使她难过
母女俩的背影，渐行渐远
而地上，一朵红木棉日渐
枯萎

减字木兰花

黄雅丽①

空床响琢，花上春禽冰上雹。醉梦尊前，惊起湖风入座寒。转关濩索，春水流弦霜入拨，月堕更阑，更请宫高奏独弹。

——题记

前 记

明朝洪武年间，坊间流传大明锦衣卫遵照皇帝旨意私下打探军情民意。凡有对皇帝不利言论者、不忠于职守者、不满锦衣卫者，必抓之处以杖刑，被捕者九死一生，故百姓乃至官员都对他们闻风丧胆，敢怒不敢言。

一、空城乱

风悉悉索索地穿梭在寂寥而空荡荡的街道上，百姓早已躲在温暖被窝中寻周公下棋。唯有一声声凄清而响亮的打更在长鸣、回响。"当……当……"

"过了子时，还敢在街上走动的，除了打更的，就两种人，一种就是咱们，倒了血霉，抽上了这巡城的签，还有一种人……"话音未落，这巡城的马爷即伶俐地感受到背后一丝杀气。"马爷，你看见

---

① 广州大学人文学院 2015 级 4 班，汉语言文学专业。

谁了？""谁——给我出来！"马爷佯装镇定，脸色却是惨白，他紧握着明晃晃的薄纸大灯笼，另一手慢慢摸上腰间的斜纹刀。旁边的小二爷猛地转头，瞥见那一抹暗黑刺金的飞鱼纹，冷汗霎时嗖嗖地冒出来。"锦……锦衣卫！"

　　只见那半明半暗间，立着一名着一身飞鱼服、携绣春刀的挺拔男子，面庞坚毅，棱角分明，眼神中不见一丝一毫的情感，漆黑的瞳孔如不见底的深潭，让人不战而栗。男子一脸淡漠地瞥了他们一眼，嘴角勾起一抹嘲讽的笑。刀光乍现，刀落影碎，男子即瞬再次隐匿在黑暗的街道中……到第二天清晨，人们才惊恐地发现，两个巡城的差人已倒在血泊中，关于锦衣卫的传闻再次沸腾起来。

二、红颜醉

　　夜未央，与大街上黑暗凄冷之景截然相反的是纸醉金迷的教坊司。一排画着美人图的大红灯笼高高悬挂于屋檐下，把进进出出的官人才子和他们怀中婷婷袅袅的少女的脸照得红艳绮丽。苏寺瑾站在对面，呆呆地看向那些人、那些灯笼，小手紧紧抓着细腻的襦裙，背上一阵阵发寒。曾经，她也差点失身于那儿，是沈曜救了她，还赎了她出来。寺瑾感激他，但也恨他。

　　一张银鼠貂皮披风悄悄将寺瑾冰冷的身体包围起来，耳边传来温热的呼吸："怎么不回家？傻傻站在这里也不怕又被捉进去。"是沈曜！——那个讨厌的锦衣卫……寺瑾转头微微一笑，摇摇头，"我们走吧。"初冬的夜晚飘着一丝丝雪，不偏不倚落在美人的眉心。沈曜看着眼前清丽的可人儿，一瞬间失了神，不由自主地抬手想要抹去那一片雪花。寺瑾装作不经意地侧头，躲开了他的手，快步走开了。沈曜的手就这么尴尬地停在半空中。稍稍握了握拳，他加紧几步跟了上去，羞得没胆同行，也就在寺瑾身后几步不疾不徐地跟着。

　　瑾苑地处城南，依水而居，冬暖夏凉，是沈曜接苏寺瑾出来后特意为伊人找的房子，看中的便是后院一大片的木兰林子。沈曜深知寺瑾是多么爱木兰花。待每年春至，木兰花开，白的胜雪，粉的甜蜜，紫的幽美，满园花香四溢，如诗如画，定叫寺瑾欢喜。

然而此时还是寒冬，木兰树干上别说花了，连片稍显生气的绿叶都没有，只有积雪重叠的棕黑色枝丫，更显院子荒凉萧索。院中唯有一抹让沈曜沉醉的亮色，那就是身着杏色如意棉绫小袄、粉蝶素缎软襦裙的苏寺瑾，低垂鬈发斜插一支镶嵌珍珠的碧玉步摇，宛若出水芙蓉，步步生莲，摇曳生姿，看得沈曜心神荡漾。

抽刀断水水更流，举杯销愁愁更愁。花楼之中最不缺的就是美色与美酒，寺瑾在其中周旋多年，酒量多多少少也有几分，可当下她双颊晕红，泪眼婆娑，眼尾亦蕴了一抹迷离之意，可见醉得深了。"我今天终于杀了杨岱那两个走狗，真是痛快，瑾儿你不晓得，在我找到那两个俗人时，他们嘴里还在骂骂咧咧，说我们锦衣卫的不是，这俩人啊，是杀对了……"沈曜得意的话在寺瑾的小脑袋里回旋、鸣响，眼前却是碧玉年华惨遭不幸之景，一纸冤案，苏氏毁于一旦，男人尽为锦衣卫所杀，女子则被送进教坊司，鲜血淋漓、鸡飞狗跳、刀光剑影——都是寺瑾的梦魇，像荆棘勒得她生疼，如坠入水中，直叫人无法呼吸！

完成文案后，沈曜下意识走到门外，远远见着皓月下苏寺瑾的闺房还是彻亮，心中不安，便披上外衣冒着院中风雪快步行至心爱女子的房前。敲了敲门，并未有回响，他心下一紧，连忙推门进去，映入眼帘的便是醉在桌前的可怜兮兮的寺瑾。棉绫小袄沿着肩膀滑下，露出锁骨上细细一条藕色肚兜带子，显得肩膀越发雪白瘦削，粉裙也被打翻的酒浸湿了，步摇被寺瑾取了下来，如瀑的黑发散落在身上，小丫头满脸泪痕，满是痛苦悲伤之色。沈曜心疼地抱起寺瑾走到床边，像对待世界上最珍贵的宝贝，轻轻将寺瑾放在床中央，扯过柔软的大棉被盖上。他静默地立在床边看了一圈，先把窗户关紧，又挑了几下火盆，让火再烧得旺点，让房间再暖和一点，然后又回到床边看看蜷缩在被窝里的寺瑾，苦涩地笑了一下，转身出去了。

三、忆往昔

人生若只如初见，何事秋风悲画扇。苏寺瑾瑟缩在棉被中，只听得窗外狂风大作，撞得窗子"砰砰"作响，渐渐晕睡过去。其实他的心意她都懂，他的温暖也让她有了依赖。但她过不了内心那道坎儿，"锦衣卫"三个镀金刺目的字依旧是她心中的一根刺。（梦中雅致的闺房之景愈远，儿时的回忆又如潮水般涌来）

回到原点，她六岁，他十一岁；她是千户大人苏祁的掌上明珠，天真活泼，明媚美好，一双眸子清亮如水晶，不见一丝忧愁的意味，他则是苏千户因缘巧合之下带回来的流浪孤儿。

何谓缘分？说的就是沈曜和苏寺瑾。只是不晓得，这究竟是良缘，还是孽缘……

洪武二年，小寺瑾不足六岁，小小年纪正是贪玩好动的时候，再加上自小被宠着惯着，便时不时换着法子或甜言蜜语或百般哭闹央求父亲大人带其出游。苏祁一直不敢冒这个险，但面对宝贝女儿的软磨硬泡也是没辙，终于答应在寺瑾六岁生辰那天带其至东城集市游玩。寺瑾那个兴奋啊，天天幻想着集市的模样，时不时追问身边的小丫鬟还有几日到自己的生辰，可谓度日如年。终于熬到生辰这一天，寺瑾起了个大早，换上新做成的锦绣玉兰袄裙，笑靥如花，神采飞扬，连父亲苏祁看了也是满意得很。

早春三月，东城集市热闹非凡。小寺瑾何曾见过如此热闹繁华之景，心情瞬间激动难耐，撒开小短腿到处穿梭，看得眼花缭乱，挑得心花怒放，差点没把身边的两个小丫鬟折腾哭了。苏祁起先死死拉着小寺瑾不许她乱跑，后来实在磨不过，就让她的两个贴身丫鬟跟紧，自己不近不远地跟着，眼睛却是一刻都不敢放松。

世事就是如此巧合，半路上，苏祁遇到了杨千户，礼节上相互寒暄了一阵，那一会儿的工夫便没盯着寺瑾那个调皮的丫头，而两个丫鬟跑累了才站住歇息一下，寺瑾却已跌跌撞撞地跑到马路中央去了！一辆马车哗啦啦如激浪奔来，吓得寺瑾跪坐在地上"哇"的一声大哭起来，两个丫鬟吓得腿都软了，连滚带爬飞奔过去。说时迟，那时快，一个穿着素衣的俊俏少年飞扑到路中央，抱着寺瑾滚了好几个圈，及时避开了疾驰而过的马车。寺瑾在少年怀中险些晕厥过去，一手抓着少年的衣服，一手捂着满是泪珠的小脸哭成泪人。苏祁听到吵闹声，心下一紧，赶紧望向女儿的方向，却见一辆马车正朝女儿撞去，顿时面如死灰，后又见女儿被少年紧紧抱着躲过，有惊无险，苍白的脸色才有了一丝血色。

苏祁眼下再不管什么千户大人了，尽力平复狂跳不已的心，急步拨开围观的人群，两只粗厚的大手一把捞起小寺瑾，紧紧抱在怀里，爱怜地吻着她的小脑袋，又心疼又生气，却是一句责骂都说不出口了。两个丫鬟跪在跟前连连叩着响头，满脸泪痕，又惊又怕，告罪不已。"连大小姐都看不好，苏大人还要这两个废物何用！就是打死扔去喂野狗，只怕也抵不了这失责的罪过！"杨岱大步跟上来呵斥道，嘴角带有一丝残酷冷淡的笑意，眼中似看好戏的神情。两个丫鬟一听，吓得胆都破了，眼泪哗地涌出，花掉的妆盖不住青白的脸，然而仍是压着声忙不迭地哭喊着"饶命"。苏祁皱着眉，冷冷地摆了一下手，"带回去，重打五十大板，然后交给夫人处理"。便转过身来缓缓向眼前刚救了自己女儿一命的少年庄重地鞠了一躬！"少年，谢谢你！你是小女的恩人，也就是苏某的恩人，请问，你叫什么名字？家在何方，苏某愿亲自登门造访，再拜谢你的父母。"

"大人客气了。小儿沈曜，双亲早逝，四海为家，日前跟着一做木工的师傅做学徒。"少年微微垂头作了一揖，苍白隐忍的神情让苏祁内心一抽。眼前这个孩子年纪虽小，却是英气十足，剑眉星目，好生俊俏！再看刚才救自己女儿那灵敏劲儿，若带回去好生教导，将来怕是能成才。"既然如此，小公子不如跟我们回去安心住下，做小女寺瑾的陪读和贴身侍卫。我且收你为徒，教你武功，今后护小女周全。你可愿意？"沈曜心中一震，立即跪下向苏祁叩了三个响头。"大人如此看得起阿曜，是阿曜的福分，再无多语，只还需跟木工老爷辞别。阿曜今后以性命为担保，定全身心护令爱周全！"苏祁满意地点点头，再看怀里的小寺瑾已经一副哭累了蔫蔫欲睡的模样。

贵妃红、汉宫棋、小天酥、箸头春、过门香……沈曜已经好多天不知肉的滋味了，即使在木匠处，也是被欺负着，有了上顿没下顿，至多只有青菜小米粥的份儿，如今看着满满一桌子的大鱼大肉，沈曜心中真是悲喜交加，悲自己身世凄凉，与苏家的富贵门第有着天壤之别，喜今苦尽甘来，终有了一个家可以栖身，还有了师父。沈曜一时又悲伤又感动难以抑制，竟泣不成声。苏夫人最看不得小孩子哭，心疼地摸摸沈曜的小脑袋安抚他，又夹了几大块红烧肉到其碗中，"好孩子，快别哭了，以后就把这里当你的家，把我们当作你的亲人。"苏寺瑾看着桌子对面这个帅气的大哥哥一直抽泣，竟也被感染了，大概想起早上那惊险的情形，瘪瘪嘴，掉了几颗泪珠，眼看着就要跟着号啕大哭了。"男儿有泪不轻弹，沈曜你这是做什么！你再哭，我妹妹也要跟着大哭了！"苏家大公子苏寺瑛看着妹妹要哭不哭的样子，连忙放声制止道。"寺瑛，不得无礼！曜儿，快吃饭吧。"苏祁说。"好的，师父。"沈曜看着寺瑾那委屈的小模样，顿时收声，大力抹干脸上的眼泪，开始默默吃饭，时不时夹一下眼前的肉菜。

"练武术，基本功是必不可少的。你没有从小练功之人的童子功，以后就更要加倍努力。""是，师父。"少年无比诚恳。寺瑾坐在木兰树下好奇地看着双手各提着一桶水的沈曜哥哥气定神闲地扎马步，手里抓着一块又香又软的玉蔻糕细细地嚼着。"哥哥吃糕，可甜了！"寺瑾又抓了一块跑到沈曜跟前想要喂他吃，那样的单纯烂漫让沈曜忽然有点不知所措。

就这样，一天一天，沈曜跟着苏祁、苏寺瑛习武，陪苏寺瑾读书，跟苏家人一起吃饭，夜里有自己的一个干净齐整的小小的单间，和寺瑛、寺瑾也算从小一起长大，感情越来越深厚。此时此刻，岁月静好，谁也没想到，十年后苏家将面临一场灭顶之灾。

白驹过隙，七年过去了，当初那个整天欢笑着追在哥哥们身后的活泼烂漫的小姑娘长大了，亭亭玉立，身段窈窕，一头乌丝如瀑，一双媚眼如丝，眼波流转间，一见倾人城，再见倾人国。林子深处，苏寺瑾静静地闭眼靠在一棵桃花树下，手中攥着一张新绣成的帕子，心中既紧张又悲伤。沈曜被选入宫当锦衣卫，本应是一件值得欣喜骄傲的差事，但多情自古伤离别，七年来，两人感情愈发深厚，故相约桃花林作最后的道别。桃之夭夭，灼灼其华，树下美人，却是人比花娇，一身白色忍冬纹云锦褙子衬得寺瑾超凡脱俗，宛若林间仙子。沈曜此生怕是再难忘怀此景，一位正值豆蔻年华的白衣少女不经意间在他冷然的心中深深种下了一颗爱情的种子。他伸出手温柔地抹去寺瑾脸上的泪水，轻声安慰着，又从怀中取出一只做工精致的木兰金镶玉镯子，给寺瑾的纤纤玉手套上。"瑾儿，此生能认识师父和你是我最大的幸运，我向你保证，闲暇时一定会回来探望你们。"实际上，锦衣卫就是为皇上出生入死的，每一次出任务都可能死无葬身之地，闲暇之日聊胜于无，回一趟家更是奢望。寺瑾是晓得这些的，但她还是选择相信沈曜，她叹了口气，带有一丝羞赧地将一直紧紧攥在手中的帕子塞到沈曜手中，帕子上绣着一株欲张未张的木兰花，似欲说还休的情意。不时有暖融融的春风拂过树梢，带来一阵阵花雨，给悲伤的气氛带来一丝极致的浪漫。

待我长发及腰，少年娶我可好。待你青丝绾正，铺十里红妆可愿。却怕长发及腰，少年倾心他人。待你青丝绾正，笑看君怀她笑颜。

四、步步错

沈曜自被选入锦衣卫，素承庭训，便是要求他能自制，无论是身体还是情绪，泰山崩于前而色不变，麋鹿兴于左而目不瞬，无论在怎样艰辛残忍的环境下都能做到极为冷静地面对一切，特别是在执行窥探、保护或是杀戮的任务时。他一直做得很好，从人的身体中飞溅出的温热鲜血，妇孺们撕心裂肺的绝望哭嚎，都不曾让他动容半分，连执掌东厂的王公公都说他"当真是个铁打的"。甚至没过几年，沈曜因得王公公赏识，迅速官至二品，管锦衣卫的一旗。

但是没有人知道，那一日他奉命查抄苏氏府邸，心中是何等痛不欲生。他打死都不相信师父会做大逆不道之事，但圣旨已下，小小锦衣卫又能改变什么？更惨烈的是，西厂派沈曜作领队，将苏家男人杀个片甲不留，女眷全数入教坊司为官伎。真是讽刺！他的命是苏家救的，如今他却要来夺他们的命！好多年不曾回来了，故人再见，竟是物是人非，刀剑相向！

依然悲声大作，依然满目仓皇，他站在自己营造出的修罗场中，从前的往事一幕幕浮现在眼前，沈曜不愿再回想，又实在忍不住地留恋不已，心中似是被乱刀纷纷乱乱地绞戳着，可他却只能直挺挺地站在那儿，承受这一份由内而外的千刀万剐。他望见师父师母眼中的悲痛心酸，似在骂他忘恩负义；他望见苏寺瑛眼中的鄙夷愤怒，似在嘲讽他的做作留恋；最后，他无比痛苦而深情地望向她的眼睛，本该是阳光雨露下被呵护着的花朵，却被生生折断了根芽，抛到风霜之中辗转折磨……还有不解，还有浓浓的恨！他心中惊怵起来，不敢再看她，又忍不住地频频注目，手下的十夫长拿着名单过来请他点验，顺着他的目光望过去，心领神会地凑到他耳边小声道："她叫苏寺瑾。大人若喜欢，回头我跟教坊司嬷嬷说一声，您先尝一口儿？"苏寺瑾，他轻轻地在心里念诵着……寺瑾，我对不住你，我发誓一定要救你出来，为苏家洗清冤情！

"上谕：兵部侍郎苏祁窝藏反贼，祸乱朝纲，着即刻枭首示众，府内男丁一律斩首，女子发配教坊司为伎，苏氏族人三代之内不得为官，钦此！""娘！娘！爹爹！""老爷！瑾儿！你们这群禽兽！快把瑾儿放下！""娘！"多少年了，苏寺瑾自来到教坊司，一次次在这样仿佛长得没有尽头的噩梦中醒来，那些陈旧的、自以为已经渐渐淡忘愈合了的伤口，重新被狠狠撕开，血肉模糊地摊开在她面前，附骨之疽一般生动而鲜活。

"既到了这儿，可就没有什么大小姐二小姐了，任你是天仙公主，也得守教坊司的规矩，否则，呵，真蹉磨磋磨你，倒可惜了这一身细皮嫩肉的！""快叫苏寺瑾那小妮子出来，爷今儿出双倍的银子，定要把她给睡喽！"虽说官伎可卖艺不卖身，且有二品锦衣卫沈曜的庇护，但寺瑾始终活在担惊受怕中，惶惶不可终日，只怕哪一天忽然被哪位浪客糟蹋了，也是大有可能的。

然而，更多时候，苏寺瑾接待的人是……沈曜。她睡在床上微微地浑身发抖，心中浓浓的害怕、愤懑与恨意交织回旋，像火焰一般烧得她生疼。"如果沈曜那厮敢对我用强，我就跟他拼了，大不了一起下黄泉去见我爹！"寺瑾是这般想的，但见得沈曜却是对着一盏残灯，沉默地枯坐一夜，直到天光微明，一天一天，皆是如此静默。初时自然是不敢睡的，涂了蔻丹的手死死攥着衣襟，闭着眼，任何轻微的响动都会瞬间扼住她的呼吸，后来寺瑾渐渐地松了些防备，即使他在，也敢浅浅地睡一小会儿，再后来，只有他在时，她才能不再畏惧楼下传来的阵阵淫声浪语，不再畏惧夜半时分骤然推开她房门的酒气熏天的男人，放任自己陷入黑暗的梦境里。

转眼，苏寺瑾的十六岁生辰到了。若是从前，家中定要花一番心思全力操办，但在暖玉阁中，自不会有人记得，亦不会有人为她准备什么，她的人生在"苏寺瑾"三个字被写入教籍的时候就已经注定了，如同所有还活着的、已死去的官伎一样，一世悲苦，一世哀戚。他从红姑那里知道了她的生辰，便心心念念地想寻一件有分量的贺礼让她开心些。打听了许久，又颇费了一番周折，终于从镇抚司的库房里拿到了寺瑾昔日钟爱的一把绿绮冰裂断纹七弦琴。干坐至半夜，他才鼓足勇气将琴拿出来，寺瑾目光所及，清澈的眼眸里瞬间盈满了泪水，她珍重地接过，像是面对从前不谙世事的自己一样，爱怜而哀伤地抚摸着琴头上刻的一个小小的"瑾"字，她的眼泪一滴一滴地落在琴弦上，颤巍巍地打着转儿。她原以为心早已痛得失去知觉，这次却是真的被感动了。过了许久，她含泪抬起头来，向他静静望了一会儿，忽然绽开了一叶笑容，颊边微微露出两个娇俏的梨涡。

这是她入教坊司以来第一次真心地朝他笑，在他眼里，无异于冰雪消融，仿若自万里无尽的茫茫荒野上悄然怒放出一枝雪白的鸢尾花。像是不敢正视最为璀璨炫目的日光，沈曜有些不自然地垂下了眼。为了这样的笑容，他在心里对自己说，就为了她能有这样的笑容，我也该拼尽全力。

五、相思意

为苏寺瑾赎身的银票已准备好，但不同于寻常烟花之地，教坊司的官伎要想离开得先在玉碟中除名。终于，他等到了这样的机会。在一次执行任务中，他以那位犯事大人之女的性命相要挟，请求务必将苏寺瑾的名字从教坊司的玉碟中画去，虽说其女罪不至死，但冷血锦衣卫的所作所为是无天理可讲的，那位大人即刻答应下来。等一切尘埃落定，沈曜紧紧捏着名单和银子飞奔去教坊司，今日……今日！瑾儿，你自由了！仿佛压在心中许多年的重石终于落地，沈曜只觉得身心无比畅快愉悦，冷漠的脸少有地柔和了几分，嘴角的笑意掩都掩不住。

然而，沈曜的笑容在被寺瑾冷然拒绝后变得苦涩万分。襄王有梦，神女无心。纵使他一腔热情，她却是毫不领情。"沈曜，你不觉得很可笑吗？你亲手毁了我的一切，现在却说要来救我，是做屠夫多了想当一回救世主吗？抱歉，小女子身有不适，暂且失陪，还请总旗大人离开。"苏寺瑾心中的嘲讽和恨意瞬地升起，转过身不再看他。这些年，也许是多得他的照顾，她本应心存感激，但她无法忘记造成这一切的始作俑者，即便他只是执行公务，但也是一个无情的帮凶，足以把寺瑾的心伤得遍体鳞伤，血流殆尽。"瑾儿，我不奢求你的原谅，但我一定要赎你出去，这容不得商量。"沈曜忍着心痛，抛下这句话走了。不管如何，先把她安置在身边再言其他，就是一天都不想让她再在这个地方受委屈了！

锦衣卫带走红颜的那天夜里，天下着倾盆大雨，教坊司门前的大红灯笼的火光和官人小姐调笑的声音在两人身后越来越微弱，直至完全消失在雨中。漫天大雨仿佛要把过去一切都统统冲走，广阔天地间，唯有一把清新的油纸伞为两人留下一小小空间的温馨。过了江、下了船已是第二天清晨，沈曜带着苏寺瑾来到城南一处秀丽的庭院。"过去种种，譬如昨日死；今日种种，譬如今日生。瑾儿，你以后就住这里吧，可还喜欢？""瑾苑……"沈曜为苏寺瑾打理好温暖宽敞的北厢，自己则住在不远处光线稍弱的南厢。一夜奔波不曾好好休息，如今神经一放松下来，寺瑾只觉得浑身无力，倒在床上昏昏欲睡。春日的阳光暖暖地洒满整个闺房，鼻间萦绕着淡淡的木兰花香，一切终于都安定下来了，真好，苏寺瑾终于松了一口气，渐渐地沉沉睡去。

再醒来已是正午，日光更盛了。苏寺瑾思索着这木兰香到底从何而来，不自觉地走出北厢，来到后院，不看不知道，一看惊喜万分——竟是一个木兰花林！一棵棵粗壮的木兰树林立，此时正值春深，粉的紫的白的花儿争先恐后地绽放，一树胜一树的娇艳清丽，香远益清，美丽到极致，像世界上最动人的画卷，像天边无际的繁星，像寺瑾一直幻想的最美好的天堂的模样。这是累晕了出现幻觉了吗？她几乎不敢相信眼前的景致，惊叫着跑进林子里。深深浅浅的流动的色调，层层叠叠的或开或闭的木兰，宁静而妖娆，灼灼其华。正午的阳光柔软地融入春风中，吻着她的脸，撩着她的发；又见媚人的日光穿过花树，落下泥土地上斑驳细碎的光影，与漫天的娇嫩的花相映嬉戏，寺瑾满心欢喜，甚是满意。心墙在不经意间仿佛被开了一扇窗，暖暖的，流淌着一丝丝感动。

一语含香一窈窕，一颦蛇舞一妩媚。一寸相思一枯荣，一笑回眸百媚生。江淮梅雨一人行，莫女沉愁需添衣。佳人嚼字天将晚，笔落繁花我问安。锦衣卫依旧一日日对红颜无微不至，深情体贴，相信终有一天，她能原谅自己，对她的冷意，他不着急，也不生气，她的陪伴便是上天最好的安排。平日，沈曜在外执行任务，一旦歇下来便去瑾苑休憩，看看挚爱之人。苏寺瑾在闺房做女红或捧上一卷书细细品读，闷时去林子里走走，或到市上逛逛，他归来，她便给他宽衣做饭。两人恍若小夫妻，日子也算和美温馨，一切都是幸福静好的样子。沈曜总是想，如果能一直这样下去该多好……但是，只有他知道，自己还有一个心愿仍未完成——找出当年陷害师父的真凶，让苏家沉冤得雪！

六、祸根埋

话说当年朝廷上，有两人真乃圣上身边的大红人，一是皇后的父亲汪国公，执掌户部；二是统领东厂锦衣卫的王公公。文官、武官素来相互看不起对方，文官斥武官鲁莽，武官嫌文官迂腐，不知不觉，五品以上官员分为了两派。也有例外的，如沈曜的师父兵部侍郎苏祁和吏部尚书杨岱两家互为邻里，常有往来。杨家有了第一个公子时，杨岱取其好友苏祁的谐音，给公子名曰玉麒。在苏家喜获千金时，杨岱甚至带着公子登门贺喜，提出结为娃娃亲的意愿，苏祁欢喜不已，更愿亲上加亲。孰料造化弄人，苏杨两家的关系在有了孩子后却是一步步恶化。杨家大公子杨玉麒自小被家人宠坏，不仅与苏家大公子苏寺瑛经常打架，还风流成性，常年出入烟花之地，还当街调戏良家妇女。

一日清晨，苏夫人带着寺瑛、寺瑾到道观上香。寺瑛耐不住寂寞，在观里四处闲逛，竟偶遇杨玉麒。冰火不相容的两人客套了不到两句又吵起来，却被一声声温柔的呼唤打断了，原来是前来寻兄长的苏寺瑾。一袭水蓝色墨青片描金长衣、发间一枝木兰玉簪衬得佳人若出水芙蓉，清丽异常，与杨玉麒往常所见的饰以浓脂俗粉的莺莺燕燕大相径庭，着实让他惊艳了一把。杨玉麒咳嗽两声，挺直胸膛，饶有气势地道："你是何家女子，怎么在此处闲逛？在下乃吏部尚书杨岱之子杨玉麒，方才被姑娘的花容月貌所惊，能否在这里交个朋友？""滚！你个癞蛤蟆也想吃天鹅肉？想跟我妹妹交朋友的人排着长队呢，你就等下辈子吧！"寺瑛见杨玉麒色心又起，好不生气，拉过妹妹的手就要走。眼看被喷了一脸，美人也要走了，杨玉麒不干了，一把用力拽住寺瑾的另一只玉手，不让她离开。这浑小子还敢光天化日之下占良家妇女的便宜，更何况这是他最亲爱的妹妹！苏寺瑛怒火中烧，一拳把杨玉麒打趴在地上，那小子人是在地上了，但竟把寺瑾也连带着扯到地上，她重重地摔了一跤，手也被杨公子拽得火辣辣的疼，霎时眼眶盈满泪水。苏寺瑛扯开杨玉麒的手，抱起妹妹，好生心疼，忙不迭地道歉和安慰着。杨玉麒从地上爬起来，朝前跨出一大步，趁寺瑛不注意狠狠地一拳打在他的小腹，纵是练家子，寺瑛也觉得浑身一震，剧痛难忍，嘴里一腥，呕出鲜血来。寺瑾看得目瞪口呆，眼泪哗地一下流出来，尖叫着喊人过来。两家夫人赶来看到此情此景也是吓呆了。苏夫人抱着嘴角带血的寺瑛泣不成声，连连叫人抬轿子过来送少爷回家。杨夫人本来看到寺瑛的样子十分歉意愧疚，再一看鼻青脸肿的大儿子，顿时又心疼又生气，道歉都没有，就扯着杨玉麒上轿走了。回去后，两家各自向老爷汇报情况，情节和用语自是有所差异。杨玉麒委屈地向父亲大人哭诉，自己仅仅是向苏家小姐问好，便被苏寺瑛大骂和暴打，甚至还骂到自己父亲身上，他实在受不住这样的侮辱才给苏寺瑛一点教训，谁知那人体弱，轻轻一打就吐血了，现在也很是后悔，最后还大肆形容了一番苏家小姐是何等貌若天仙，沉鱼落雁，闭月羞花，让他一见倾心。

杨岱听完，虽心中不忿，但也告诫儿子下次不可再如此莽撞，若是出了人命就无法挽回了，再是高兴地安慰他，苏杨两家早已定下娃娃亲，苏寺瑾将来就是他杨玉麒的正妻。这个好消息炸得杨玉麒整宿睡不着觉，第二天一早满心兴奋地跟着父亲去苏家登门致歉，并欲重提婚事。苏祁本已因儿女受伤生气不已，又见肇事者竟还吊儿郎当地觊觎自己的宝贝女儿，当下百般推脱。杨大人不高兴了，心知苏祁想反悔，正欲责难一番。

屏风旁偷听的苏寺瑾坐不住了，跌跌撞撞地跑出来扑通一下跪在杨岱跟前，不卑不亢地说："杨伯父，您且听寺瑾一言。寺瑾知道您与汪相素来交好，而汪相膝下除了当今皇后还有两位郡主，传闻那俩郡主皆是世间少有的出尘绝艳之女子，而且知书达理，通晓音律，与大公子甚是相配，偶有耳闻，汪相有把其中一位明珠嫁给大公子的意愿，若此时寺瑾成了大公子的正妻，岂不是打了汪相的脸？然而若是能娶了其中一位郡主做正妻，杨伯父就是与汪相成了亲家，到时杨伯父的地位可是不得了！"

杨岱本也有所耳闻，只是昨儿个被这事一闹把正事给忘了，如今听苏寺瑾字字珠玑，更觉重提婚事的愚蠢，但说出去的话泼出去的水，该如何下台呢？"杨伯父不必担心，我妹妹性子过于顽劣，配不上杨大公子，两家素来交好，小时候与家父的约定也不过玩笑话，不必非得结成亲家，让寺瑾认杨伯父为义父，也不失为一桩美事，也是寺瑾那丫头的荣幸。"杨岱不顾杨玉麒使眼色，笑言："这真是极好的！寺瑾这丫头我也是从小看到大的，也算半个女儿，如今成了老夫的义女，两家就更亲了。苏大人，你怎么看？""这是小女的福分。寺瑾，还不快给你义父敬茶！"苏祁心中对儿子的急中生智大为赞赏。这下子，寺瑾不仅避开了孽缘，还白得了一个二品头衔的义父，真是该烧高香还神了。然而，还有一个人不高兴——杨玉麒。郡主再好，但真能被小小尚书的儿子娶进门吗？而且就算到时娶了汪相的千金，畏于权力地位的差别，只怕有罪受了。但木已成舟，父亲既做决定，他不敢胡闹。他死死看着苏寺瑾绝美清丽的脸，不甘心啊！

后来，杨玉麒真的娶了汪相的小女儿汪嫣。然而，成亲后，杨家才发现，不同于两位嫡出姐姐的身份高贵，汪嫣只是小妾的女儿，根本不受汪家重视，虽也有几分姿色，但与姐姐们差得远了，甚至比不上苏寺瑾半分气质。最重要的是……她因小时候生过一场大病，烧坏了脑子，智力不比常人。什么知书达理、通晓音律，那都是赞扬汪家二小姐的，与汪嫣根本沾不上边！杨岱这才知道自己上当了！他好恨！恨汪相，更恨苏家！还说什么交好，到头来竟忽悠我儿子去娶一个不受宠的傻子，毁了他一生前途和幸福！而且即便汪嫣不受宠，她也是汪府里出来的郡主，不能怠慢，更不可休了她！杨岱仰天长啸："苏祁——苏寺瑛——苏寺瑾——！你们会后悔的！我会让你们尝尝胜我儿子千倍万倍的痛苦！"

事实上，汪国公有一个傻女的消息是除了汪府人外完全对外封锁的。苏寺瑾身为闺门小姐更不可能知道，汪相嫁女的心意也是苏祁偶然得知后才告诉家人的。平日里夫人小姐相聚，汪夫人从来只肯带着漂亮聪慧的二女儿汪婷出现，生怕小女儿闹笑话，丢了汪家的脸面，至于有人问起时概称汪嫣体弱多病，不宜周旋操劳。缘于当今皇后汪姝仁德明慧、母仪天下，经常随母亲出现的汪婷也是楚楚动人、灵气十足，故常人皆以为汪嫣郡主也拥有同两位姐姐一样的美貌和智慧，至于体弱多病一说更衬得其形象似弱柳扶风，温柔似水，我见犹怜。杨玉麒本以为自己娶了个病西施，结果掀开红盖头一看，竟是一个嘿嘿傻笑的平庸姑娘！他吓得一屁股坐在地上，恨不得晕死过去。米已成炊，杨玉麒过往再骄纵放肆也要接受这样残酷的事实了。杨家母子天天在杨岱跟前大哭大闹，恨不得把巧言令色的苏寺瑾给吃了。杨岱又怒又烦，心中暗暗有了打算。

几年过去了，一切似乎风平浪静下来，殊不知，却是暴风雨来临前最后的安宁。山雨欲来风满楼。这天，天阴得很，墨云翻涌，苏寺瑾只觉得眼皮一直在跳，心也莫名地慌起来。到了下午噩耗传来："上谕：兵部侍郎苏祁窝藏反贼，祸乱朝纲，着即刻枭首示众，府内男丁一律斩首，女子发配教坊司为伎，苏氏族人三代之内不得为官，钦此！"老太监的声音尖细回旋，震得苏寺瑾头晕目眩。这是在做噩梦吗？即使是噩梦也太可怕了……还没等寺瑾回过神来，一只血淋淋的大手抓住了她，熟悉的飞鱼服和绣春刀，第一次觉得那花纹如此面目狰狞。"娘！娘！爹爹！沈曜救我……"苏寺瑾绝望地哭喊着，直到看到立在院门前毫无表情的总旗沈大人。她好像什么都懂了，又好像什么都不懂，呆呆地站在血泊里，脸上惨白如练，灵魂似乎早已不属于她了。

七、愿执手

沈曜从未放弃找寻当年师父蒙冤而死的真相。在王公公的提点下，他和兄弟们先从调查当年和苏祁结怨的人入手，但因苏祁为官多年宽宏善良、有勇有谋，即便是文官们对其也是多有称赞，故有心取其性命者实在难以想象。她对他的态度总是忽冷忽热的，让他难以捉摸，但他深知若想要一辈子抓牢她就得为师父洗脱冤名，让她真正释然。一日，沈曜听一个属下汇报，杨家大公子杨玉麒每每在教坊司喝得酩酊大醉后，时而痴痴念着苏寺瑾的名字，时而破口大骂苏祁使心机让他娶了个傻妻。沈曜脑中灵光一现，抓住了这条重要线索开始调查杨家。

杨岱先是和瓦剌人合作，利用自己吏部尚书的官职之便将其安插在兵部任职，弄出一系列祸乱，后又买通兵部的人调查苏祁的大小事务和行迹，制作一切窝藏反贼的证据指向兵部侍郎苏祁，最后以不正当的手段威逼联合其他几位官员向皇上上折子指责苏祁之大罪。线索一条条通了，连起来就是杨岱那老贼的阴谋大计！沈曜一刻都不耽误，立即率锦衣卫去兵部抓人，严刑拷打。最后被收买的那几个人经不住炼狱的痛苦，将杨岱供了出来，而那个瓦剌人则早已在苏家被灭门后被杨岱派人暗杀了。证据、证人皆有了，沈曜把调查结果上呈给王公公。王公公既欣慰又大喜，欣慰自己果然没有看错人，沈曜这年轻人当真是个可造之才，再过几年，若能得皇上的青眼，那可真真是不得了了；大喜此役势必削弱老对头汪越的势力，吏部大换血，再者汪越的傻女也是一桩丑闻，到时若经大肆宣传闹得满城风雨，汪家的形象必定一落千丈。

参吏部尚书杨岱的折子很快如雪花落下般一本本递到当今圣上手中。皇上龙颜大怒，派人彻查此事。一周后，经查明杨岱陷害苏祁一事属实，苏家当年的冤案终于水落石出！皇上立即下旨昭雪苏家，赐苏祁"镇国公"、苏夫人"南夫人"称号以示慰藉，又令锦衣卫捉拿杨岱，不日凌迟处死。

"啪！"饭桌上，苏寺瑾手中的酒杯摔到地上绽出一簇晶莹的瓷花。她怔怔地望着沈曜，没有眼泪，没有追问，她脸上甚至还带着一点梦呓似的茫然，半晌，才颤抖着声音极轻声地问道："你说什么？"沈曜一口饮尽杯中的烈酒，用力握一握她的手，给她，也给自己一点勇气："陷害苏家的人是吏部尚书杨岱。你父亲的案子……圣上已下旨昭雪了！杨岱那老贼也已经被抓入大牢，不日处死……"迫不及待想让她知道这一切的真相，想让她释怀，让她不再夜夜因为梦魇而哭泣绝望，想她心中对自己的恨能减少几分……像被什么追赶着一样，沈曜将自己知道的一切尽数说了出来。他的神情是那样的急迫欣喜，不似说谎，寺瑾思绪一转，心脏仿佛骤然被什么死死地攥住了，纤细的手指不自觉把罗裙上的暗纹抓得起皱，泪水霎时涌出。有言曰：有些人活着，他已经死了；有些人死了，他还活着。显然，苏寺瑾属于前者。多少年了，她以为自己的灵魂早已经死了，只留下一副毫无感情的躯壳在世间苟延残喘。此刻沈曜的消息把她的魂儿从平行空间勾了回来。寺瑾开始毫无顾忌地放声大哭，像小孩子一样，从前巨大的悲哀痛苦和闻得喜讯后的欣喜若狂在此刻都肆意迸发出来。"都哭出来吧……"沈曜心如刀割，紧紧拥着寺瑾，希望能给她所有的温暖。

孰料，寺瑾一点一点用力掰开握在肩上的双手，退后一步，声音中透着凄楚和满满的嘲讽道："总旗大人，您以为您帮我爹洗脱冤名，我就会对您感恩戴德吗？我一辈子都不会忘记，我爹是如何把你带回来养育成人教你武功，而你……却亲手送我爹上黄泉路！"说罢，抽泣着向厢房外逃也似的奔去，转眼间消失在黑夜中。

大雨下了半宿，仍没有停下来的意思。雨水打在身上，凉意一阵阵入侵全身，已经麻木了无痛感，沈曜不知道自己在师父的坟前跪了多久，也不知还要跪到何时去，他心底空茫茫的，说不上是悔是愧，抑或只剩了最深切的哀痛，仿佛灵魂尽头依稀闪烁的一星光亮，在不远处晃动着，却无论如何也触碰不到。寺瑾方才所言的每一个字都似一把利刃在一下一下绞戳着他的五脏六腑，可他却只能绝望地跪在那儿，承受这一份由内而外的千刀万剐。不知又过了多少时间，全身的血肉似乎都盘剥干净了，记忆里师父被处决时冲开的那一地血红色像浓雾一样覆盖在了他眼前，倒不如，倒不如就这样去了，和师父黄泉相见，以表罪过，总好过他在世上茕茕孑立地过着。只是，她怎么办……正伤痛到了极处，忽觉雨骤然小了下来，一抹清美的白色硬生生划开了那片雾气，停留在他面前。抬眼看时，只见瑾儿撑着一把二十四骨湘妃纸伞盈盈而立，这般芙蕖一样素净娇弱的女子，却在这漫天暴雨之中，独为他撑开了一方天地。她垂目看向他，眉目之间悲悯、眷恋、疲倦、隐忍、愤恨、痛苦种种复杂的情绪重重交织，她努力压着哭腔轻声道："沈曜，你站起来。"沈曜看着心爱的女人，被她眼里强烈而复杂的情绪震得肝肠寸断，满心的爱和疼惜让他下意识伸出双手去紧紧地抱住了她，然后任由自己沉沦到无穷无尽的黑暗之中。

沈曜感觉自己好像是在伸手不见五指的暗夜中独自前行，忽然，他惊喜地望见远处一隅一抹熟悉的白色身影，正欲呼唤那人儿的名字，忽地身影消失了，只留下一声声痛苦凄楚的呼喊："沈曜……救我……救我！""瑾儿！"他极力地想要奔过去，却不知为何，那黑暗像蛛丝一样紧紧地缚住了他，越挣扎，越纠缠。他只得死死咬着牙，拼尽全力地向外一挣……梦境翻覆，一线天光。窗外春雷滚滚，天暗得要吃人，沈曜几乎分不清现实与梦境了。正怔忡间，忽听门帘一动，却是邻家老妇人端着一盆水，蹒跚着轻轻地走了进来，走近才发觉他醒了，不由惊喜宽慰地笑道："沈大人，您这下总算醒了。自那夜昏晕在院中，您一直高热不退，还说胡话来着，怕是自己都忘了吧？"没见着寺瑾，沈曜想起梦境，不由得心慌，声音嘶哑地问道："有劳王婆照顾，请问，跟我一起同住的那位苏姑娘在吗？"

"苏姑娘……自那晚冒雨离开后就再也没有回来了。倒是……倒是……"老妇的神情忽然变得又惊又恐，眼神闪烁着，戚戚然说不下去。"倒是什么？王婆您这些年待瑾儿似亲女儿般，我是看在眼里的，如今若她出了事，您怎得安心？"沈曜的眼神瞬间凌厉起来。老妇一惊，跪在地上痛哭："大人饶命啊！前些天您还昏迷的时候，吏部尚书杨府来了一群人进来搜苏姑娘没搜着，大吵大闹摔盆子摔碗，还威胁老奴不能将此事告诉您……还听闻，杨家大公子得一绝色美人，今日要大办喜宴，老奴担心苏姑娘只怕是……"心中好似一道惊雷打下来，沈曜气得吐了血，挣扎着起身。"沈大人！您现在身子虚得很，不要冲动啊。"

沈曜管不了那么多了，除掉一个杨岱，竟忘了还有一个虎视眈眈的杨玉麒，如今寺瑾落入他手，只怕生不如死。他写了一封急信让人送去西厂，携绣春刀只身匆匆赶往杨府。

八、鸳鸯配

明明老爷刚入葬，在杨玉麒的一声令下，杨府却硬生生从办白事转为红事，大红绸缎张灯结彩，大红灯笼高高挂起，见者唾弃，闻者心哀，杨老夫人被这个愚蠢又放肆的不孝长子和婚房里的"狐狸精"气得躺在榻上昏迷不醒。

一道闪电划破天际，明明灭灭间，竟是一人携刀立在杨府大门前。"沈曜！本公子就知道你今天会过来。抱歉，你来晚了。苏寺瑾已与我成亲，今夜我将会好好宠爱她！""放箭！"忽地竟出现十几个黑衣人手持弓箭，呼啦啦的箭雨直射向沈曜。沈曜腾空而起，在空中旋身，挥出一片绚烂的光幕，似点点繁星自星空中坠落而下，光幕斩灭了激射而来的箭芒，化解了杀身之噩，然而还是被划得遍体鳞伤。而后他又长刀挥洒，刺眼的刀芒直冲而起，宛如绚烂的银龙一般，仿佛要与天上劈落而下的闪电连接到一起，一转头，直刺向杨玉麒！可惜一大群人黑压压地涌上来与沈曜厮杀在一起。沈曜可是锦衣卫啊，若是从前横扫这一帮人又何妨，但如今大病未痊愈，还吐了血，身子虚得很，挥舞着绣春刀只觉越来越吃力，冷汗直冒，视线也渐模糊，最终寡不敌众跪了下来，被一群人用刀架在脖子上。

杨玉麒一个跨步，冲到沈曜的左边，一把抓住他伤痕累累的左臂，用力一拧，发出咔嚓一声，肩关节已经脱臼，沈曜的惨叫声这才响起。"你不是很能打的吗？这就跪下了？敢害我爹，看老子不折磨死你！"

"住手！"一大批锦衣卫凌厉似风冲进来，即瞬把黑衣人杀个片甲不留，杨玉麒刚逃跑到后门就被锦衣卫一招致命，当场一命呜呼。"沈大人，属下来晚了，请责罚！"沈曜拖着满是鲜血的左臂奔进屋寻苏寺瑾，婚房却是空空如也！"大人，有人说看到一个新娘子要跳河！"沈曜一惊，飞也似的赶去大河边。只见一身着大红色绣凤穿牡丹嫁衣的绝色女子立在河边的栈道上，珠冠早已扔去，大风把她的一头乌发吹得纷乱，只剩几分渗目的惊艳。沈曜一眼就认出来那女子便是苏寺瑾啊！"瑾儿！不要！"除了惊涛拍岸和轰隆隆的雷鸣，苏寺瑾已经什么都听不清了，她仿佛感受到死神的召唤，身子一轻，直直坠入骇浪中。沈曜眼睁睁看着那鲜艳的一抹红纱坠入河中，几步奔到栈道，也跟着跳下去。"大人！""大人！"锦衣卫们大惊失色，纷纷想法子救两人，然而夜那么黑，浪那么急，两人一落入水中即瞬没了踪影。

你曾尝试过溺水的感觉吗？你曾从极高的山峰上跌落下去过吗？你曾体会过魂魄四处飘离，无依无着吗？苏寺瑾感觉自己正向一片漫无止境的深渊中不断坠落，身子痛得快要炸裂了……忽然一只粗壮的手臂紧紧环住她的肩膀往上拉，但还是好痛好痛，渐渐失去了知觉……

春日阳光晴好，日色透过菱格窗，被划成一棱一棱的，在这日色下，隐约可见有细小的金色浮尘轻盈飞舞，窗外斜过一枝开得正盛的木兰树枝丫，是以室内除草药清气外，还蕴含着几分木兰花的冷香。沈曜醒过来时，眼前已是这样一番祥和安宁的景致，忽想起寺瑾，急忙撑起身子要出去。外头忙活的老妇人听到动静急急进来，扶着沈曜，道："大人这是忙着见苏姑娘吧！莫急，苏姑娘已经醒了。"沈曜挣扎着走到寺瑾所在的闺房。寺瑾本是闭眼歇息着，听见有人进门，睁开眼睛，美丽的眸子噙着泪欣喜地望向沈曤："沈哥哥，你来了！""瑾儿……你，原谅我了？""哥哥，你可是做了什么对不起瑾儿的事，瑾儿可不能那么容易原谅哥哥！还有，为什么醒来许久，我都未曾见到爹爹……"一旁的大夫向沈曤汇报："大人，苏姑娘是因受了刺激又溺水初醒，片断记忆丢失是正常的，她现在大概只记得苏家灭门前最快乐的那段日子吧！这未尝不是好事……"沈曤说不出来是该悲伤还是欢喜，但如今，寺瑾对他终于有了发自心底的笑容，那笑容单纯美好得让他宁愿残忍地永远掩盖真相……

九、绣春断

"你爹……为官多年兢兢业业，晚年决定辞官去找寻一个美丽的世外桃源安居，临走前把你托付给了我。""那我娘呢？""你娘跟着你爹去享福了。""我哥也跟着去了吧？""是啊……""真坏啊，竟然丢下我一个人。沈哥哥，你也会离开我吗？""瑾儿，沈哥哥永远都不会再离开你了，这一世，保护你，疼爱你，永远。"待闺房只余苏寺瑾一人，侧躺着的人儿眼角默默流下一行清泪。

昨日种种，譬如昨日死；今日种种，譬如今日生。

沈曤放弃了在朝廷的大好前程，不顾王公公叹惋，毅然决然辞官。下半辈子，这把刀只用来保护她。他在临近瑾苑的地方开了一家茶馆。在茶香和说书声中，偶尔也会忆起鲜血淋漓的过去，但心也慢慢变得柔软安定。

锦绣飞鱼烟波寰，命定鸳鸯绣春断。生当长相守，死亦共黄泉。死生尚不惧，何惧逝花颜。彭殇安可论，永如今日言。

巷子时光

陶雪虹[①]

"1，2，3……98，99，100！藏好了没有，我要开始找人了啊！"

"藏好了。"

声音似近似远，不知是谁在主动暴露自己的位置。

巷子东西延伸，有六十多米长，从巷头可以瞧见巷尾，巷尾可以听见从巷头传过来的声音。巷子不宽，仅有六米多，走几步就可以到对门串门。傍晚时分，长辈们都会吆喝在巷头或巷尾玩耍的孩子回家吃饭。孩子呢，总是站起来草草应了一声，又低头继续玩了。"×××，你妈拿着鞭子走过来了，快！你赶快回去！"用细麻绳编织的鞭子是吃肉的，平常爱捣乱的小男孩定受过鞭子的这等"礼遇"。"你肯定是骗我的，我才不信你呢。"孩子不理会。"不信？你自个儿瞧瞧！"扭头一看，就看到了那条细长的鞭子，孩子立马放下手中的玩物，快步跑回家，边跑还边说，我明天再找你玩。大多数大人并不是真的要鞭打小孩，只是吓唬吓唬嗜玩的孩子罢了。

我家从巷头顺数是第五户，小时候家里穷，90 年代末，父亲和他三个哥哥一起在这里建了一栋三层的小房子，四兄弟各分有一厅两房。大伯二伯先在这里安家，我家和三伯家是在 21 世纪初时，也就是我五岁时，才从奶奶家搬到县城里的这条巷子。户户相对，家家紧挨，是规规矩矩的房屋才造就了这条巷子。在巷尾处，有一条南北延伸的小路，穿过小路就又是东西延伸的巷子。与母亲出了巷

---

① 广州大学人文学院 2015 级 4 班，汉语言文学专业。

子，走在小路上时，我总是告诉母亲，若没有小路该多好呀，那巷子就会更长啦。我去巷尾玩时，晚饭时你叫我我就会听不见了，这样我就有理由不挨鞭子了。但后一句留在脑海里就够了，我才不要和母亲说嘞。南北延伸的小路上有小卖部，小卖部门前有一口大锅，煮有开水，晚上拿着热水壶去打水就可以了，一壶两毛钱。我十分乐意于去打水，我有足够的力气提水，最重要的是母亲会给我三毛钱，多出的一毛钱能买一颗糖，我经常边吃糖边提着水壶从巷尾慢悠悠走回家。记得某次，买了糖后，把糖含在嘴里就回了家。走到家门口时，坐在门外与邻居闲聊的母亲问我水壶呢，我才恍然大悟，急忙跑向小卖部，母亲说我有糖就像得了天下，逗得邻居们咯咯笑。我总是盼望着家里的开水快点喝完，有时候还偷偷去倒水，但自从被母亲撞见并发现我的小心思后，便不再那样做了。小卖部的门墙上还挂有一张用毛笔写的"有火水卖"字样的硬纸板，火水即煤油，那时家里都会备有煤油灯，停电的时候就可以用上了。停电时，我家隔壁的一位老爷爷就会邀请孩子们到他家门前和他一起打纸牌，没参与的孩子就静坐在一旁"看牌"，烛光下打牌别是一番滋味。老爷爷退休了，和老伴在家照顾和我们一样年纪的孙子，路过的人总说"老李，你成了大孩子头了"。李爷爷总是笑而不语，脸上的笑纹都爬到额角上去啦。

刚搬到巷子时，地上还是掺着沙砾的褐色泥土。一下雨，便成了泥浆。暴雨时还会形成"黄河"，可以在上面淌纸船，雨下得越大船开得越快，可纸船进水后就"抛锚"了，但我们还是不停地叠纸船，往河里放纸船。地面要等天放晴一两天才能全干透，膝盖才能贴在地上，我们才能俯身在地上玩弹珠。待我七岁上小学时，家家户户凑钱给门前的小路铺上了一层厚厚的水泥。铺上水泥后，下雨天，鞋底不再会粘上大量的沙土，家里也干净多了。但也因此不能随处玩弹珠了，因为只有在沙土地上才能挖洞，弹珠弹入洞后（弹珠的一种玩法，名曰打地洞）才算赢。可孩子们不会放弃这心仪的游戏，就会移步到巷子的"空地"玩"打地洞"。空地本是从巷头顺数第八户房子的根据地，但那里还没被人买下，还没建房，是空的，我认为"空地"就是这样得名的。"空地"不算大，堆积着一定厚度的泥土和砂石。水泥地是平原，那"空地"俨然是小丘陵了。"空地"上长满了花草，有牛筋草、车前草、蒲公英、刺儿菜和反枝苋等，还有好多我都不认识。草丛是昆虫的天堂，蟋蟀先生在鸣叫，蚂蚁部队在搬家，蝴蝶小姐和蜜蜂小姐舞动着翅膀……我觉得巷子的"空地"和鲁迅的百草园有点相似，如果说百草园是鲁迅儿时的乐园，那么"空地"就是我们儿童的乐园，"空地"里的泥土、花草以及虫兽可比认字和算数有趣多了。

巷子里每户人家都有一两个孩子，所以白天巷子里总是热热闹闹的，晚上才会归于寂静。天黑后，长辈们都会让在巷子玩耍的孩子回家洗澡。洗完澡就不能出去乱跑了，不然又会成了小花猫。2003年，父亲把家里的黑白电视换成了彩色电视，我晚上的时光就留给了动画片。第二天就和小伙伴们谈论昨晚播出的动画片。也是在这年的九月，我到了上小学的年龄，母亲让我拉着巷子里的大姐姐的手去上学。待我上二年级了，我就带着巷子里其他的弟弟妹妹去学校。

就这样，我从小孩子渐渐变为了六年级的大孩子。但我依然和小孩子玩着巷子里的那些游戏，尽管母亲说我不害臊。那天放学回来，发现巷头第一户的侧墙上写着一个深红的"拆"字，字外面还框着红色的大圆圈。油漆还没干，估计是中午才抹上去的。我飞奔着跑回家，问母亲怎么回事，母亲却不语。

"这里被政府征收了，打算推平这里。政府会给拆迁补贴，我们要搬出去了。"正在吃饭的大伯放下碗筷跟我说道。

"难道就没有别的办法了？非要选我们这条巷子来拆？我不要钱，妈，我们不要钱……"

我想哭，但我是大孩子了，不能哭。于是我望向了父亲。

父亲也没回答我的问题，只是叫我放下书包吃饭。

过了一个多月，拆迁队来了，让我们签拆迁同意书，巷子里的人陆续签了，大伯也签了。我想抗议，但我知道不管用。

我经常去巷尾玩的那户人家最先搬走，接着是家对面的那个做着理发生意的老爷爷，经常给我们零食吃的莲姨也搬走了，巷子里的人家在三个月内陆陆续续地都搬走了，我家也在那个夏天搬走了，我小学也毕业了。

我家搬到了离巷子三公里外，搬走后的一个星期，我骑着自行车回到了巷子。房屋全被拆了，剩下了断砖、废铁，还有风吹过时扬起的滚滚泥尘。儿时的乐园变成了废墟，废墟下是夏天傍晚屋外轻摇的蒲扇，是唠叨的家常，是追逐的嬉闹，是一颗糖的满足，是玩捉迷藏游戏的快乐……

"哈哈，就知道你藏在这里，第一个就找到你了！"

"不，怎么可能，这可是最隐蔽的地方。"我躲在巷子"空地"里有一人多高的薪柴中间，还用稻草将自己覆盖得严严实实。玩捉迷藏游戏时，只要我藏在这里，就没有一个人能找到我。每每游戏快要结束时，我才跳出这里，藏去别的地方。

我惊醒了，眼前黑漆漆的。我又梦见了在巷子和小伙伴们捉迷藏的那段光景。再次惊觉，现如今只有被无数辆车碾压过的空旷马路，怎么还会有属于我的最隐蔽的藏身处，不，不仅没有了藏身处，连巷子都不见了！

至今，搬离巷子已八年了。去年听母亲说，与我们打牌的"孩子头"老爷爷去世了，带我上学的大姐姐嫁给了心仪的小伙子……巷子里的时光依然在，于是我紧紧拥着那段快乐的时光再次入睡了。

于 2017 年夏

71

青春的印记

张伊绵[1]

看到这五个字的时候，我的脑海中竟一片空白，青春从哪里开始，又从何时结束？记忆是一串时间线，未曾断片儿，却找不到清晰的结点。不如说，青春就是那一个结点。放大了看，模糊的、清晰的交织在一起。无论形态如何，它终究是存在着的。我走过的路，虽远离了脚步，但足迹始终是印下了，印在了回不了头的路上。

空白的片段中，无刻意填充的色彩，大抵是安逸的暖色调，我捂着胸口，仿佛触到了那为数不多的白炽灯射出的热烈。哦！并非为数不多，是至今仅此一次。

那是在左胸口下方，准确地说，是乳房左侧的一道疤。是一道曾被割开的裂缝而又被缝起来留下的，大概五厘米，很短，但是从初二那年开始，刻下的打开青春结点的印记——空白的片段中清晰而又深刻具象的青春印记，留存且可回味。

洗澡时随花洒流出的红色的血水并没有让我惊慌失措，在此之前，我早已进行了对自我的性启蒙教育。但当男医生阿叔掀开我的衣服，从容自如地表示让他摸一下那颗瘤大概的位置和大小时，我下意识地拒绝了，双手捂着胸口不放，妈妈劝阻了我。那时我已被突如其来的瘤和非做不可的手术以及升学带来的压力重重击了一拳，下意识并没有建立起足够坚固的保卫机制，我最终麻木地接受了职业的触摸。不知当时脸红了没，但我确乎是"平静"的，直至出了

---

[1] 广州大学人文学院 2016 级 5 班，汉语言文学专业。

医院，将妈妈甩在身后，眼泪止不住地往外冒。可能对性的区别还不完全了解，加之突如其来的打击，极少在人群中完全暴露情绪的小女生，失控地对妈妈大喊大叫，旁若无人。

情绪无法收回，直到进手术室的前一秒，我都积蓄着那股情绪。我紧紧抓住爷爷的手。楼梯下到一半，尿急跑了几趟厕所。穿着医生给的病号服，消毒水的味道加重了那股情绪。进了手术室，眼前的一切让我惊奇：我们小镇最好的医院的手术室，进去前一秒，护士还没清理好，里面人和物一片杂乱。一只手术灯是坏的，医生不紧不慢地开了另一只。设备泛着黄色。只有一架手术台，很小，上面有黄色的床单和枕头。为什么还记得那么清楚呢？因为当时我踏进手术室的一刻，看到眼前如此真实的人和物，他们照常做着平常做的事，医生还在做术前准备，叫我坐在旁边等一下。我坐了，平静地观察周围的一切。

手术室只留下两个男医生和我。睡在手术台上，白灯照着我的眼睛，我看着被白灯照着的两位医生的眼睛，和他们相视一笑。医生好像没说："不用紧张"，他们似乎是老手了，不缓不急地跟我聊天，我还记得主治医生说："你太矮，要去打篮球"，另一个医生说："不要，到时不是你打球，是球砸你。"我扑哧一声笑了，那个助理医生手一滑把电刀触在我的肉上。我忍着痛应付他的道歉。麻醉药使我乳房局部的神经知觉渐渐麻痹，我的精神却是异常兴奋。在和他们聊天和听他们聊天的过程中，我兴奋地感受着电刀划开我乳房左侧的肉时的"撕裂"感，并真切地感受到钳子正在肉里面寻找那颗瘤的移动轨迹。这种感觉很是奇妙，可能是因为痛感被掩盖，存留的触感所带来的差异，使我能更投入地了解找瘤取瘤的过程，更清晰更直观地感知我的身体。

"瘤取出来了"，医生轻声说。我让医生给我看看，长在我身体里的搞怪的小东西到底长什么样。原来只是一团小小的白色的"肉"。手术做完了，在医生一针一线缝上那道划开的口子时，我又如享初体验般感受了缝合的穿针引线步骤及缝合穿肉时肉被一提一

73

动的动感，缝完针后我笑着和医生说了句"谢谢"，便披上棉袄走出手术室。我又笑了，像个做了一件非常了不起的事而胜利归来的孩子，家人看到我这般模样，也笑着送我回家。被那股情绪团团包围的我，当时那发自内心的笑，和缝合的疤一样记忆犹新。

麻醉药效在当天晚上就过了，我睡在自己的床上，疼得翻来覆去，又得小心翼翼扶着乳房再翻身。刺痛是伤口裂开又缝合带来的，好似针扎在乳房一样，无时无刻不刺着疮疤。夜是躁动的，痛到只能感受痛的存在和应付痛的过程。我没有去叫家人来陪伴或者帮我止痛，只是一个人捂着胸口，痛到沉沉地睡去。

现在这道疤像一条小蜈蚣爬在我的乳房上，洗澡时就能看到。起初还会回味一下当初做手术的滋味，现在即使看到也已没有过多感受。它慢慢愈合成和乳房融合在一起的颜色，偶尔的小刺痛还会让我注意到它或者想：哦！当年它是这样发生的。青春的印记是如此具象，却又如此易逝，它确乎存在，但当年确乎已经过去，只能用文字勾起我当时的记忆和感受，否则，它就真只成了印记，一道疤了。青春中大多事大抵如此。

关于对性的误解和在手术台上释然这场美丽的误会，关于对身体的感知，关于对情绪的把控，以及从那一天起对疼痛的另一层认识，和划开的那道口子被缝合一般，重生了。印记里的疼痛是青春的记忆，如果我们在遭受痛苦的时候，直接面对并感受它的存在，疼痛是否只是疼痛，而不会被放大和利用，甚至在减轻痛苦的时候事半功倍。青春里的疼痛也可以这样来面对。

写完这篇文章，再一次感受回味了那段战胜疼痛的自我坚强的时光，体会出的便是上述之言了。青春还在继续，以后回头来体会现在，又有不同的滋味。

青春的印记

梁 敏[①]

关于青春，每个人的脑海中都会留下或深或浅的印记。

青春是一列疾驰而过的火车，途中有无数美丽的风景，它会到达我们想去的地方；青春是一道五彩缤纷的彩虹，总在历尽狂风暴雨的考验后，呈现最美丽的姿态。

我的青春，有太多太多深刻的印记。每当我回忆起青春往事，心中便有一股无穷的力量，让我久久不能忘怀。

正值青春美好年华时，我把大部分的时间花在了学习和干农活上，活出了农村孩子肆意的青春。那时家里面种了几亩农田，养了一大群小鸡，爸爸在外地经商，妈妈每天要打散工，所以大部分的农活都被我包揽了。尽管那时候我有繁重的学习任务，但都会严格要求自己把作业和农活都完成。放学回家后我忙着插秧、喂小鸡和浇菜，望着禾苗一点点长高，小鸡一点点长大，我感觉我的青春正日益丰盈。我将我的汗水挥洒在农村这片沃土，将我的激情放在争取更好的学习成绩上。我打心里觉得，农村孩子的青春是张扬的和有力量的，他们在艰苦的环境中承受了很多苦，但也收获了甜。关于这段青春印记，我有太多难忘的回忆，也正是它把我磨炼成了一个吃得了苦、心中有傲骨的人。

点开朋友圈，很多同龄人都在晒各种旅游的照片，也许很多人羡慕这种自由自在、无比狂放的青春。但我会觉得用靠自己的双手

---

① 广州大学人文学院 2016 级 3 班，汉语言文学专业。

挣来的钱去赴一场旅游之约是更值得骄傲的。高三暑假的时候，我独自一人去了深圳这座繁华的大城市，计划着一边打工挣钱一边到处游玩。当我拖着重重的行李去每家招人的店面试时，他们都以"不招暑期工"为由将我拒之门外，我的心里不断涌出绝望的滋味，但我努力地抑制住情绪，告诉自己："你的青春正好，要经得起输，但更要努力创造一番属于自己的成绩。"于是我厚着脸皮继续找工作，皇天不负有心人，最后在一家电影院找到了检票员这个职位。那时每天都干到深夜两点，尽管累得要趴下，但还是咬着牙坚持了一个多月。当我领到人生第一份薪水时，我感觉到了它沉甸甸的重量，因为这是我用汗水换来的，是花了一个多月的青春时光换来的，无比珍贵。但我却把这些钱用来赴一场旅游之约，在世界之窗、欢乐谷和海上世界留下了旅游的印记。在我看来，要把青春活出自己的本色，我的青春由我做主。这一次深圳打工之旅会是我青春中最深的一个印记，因为它承载了太多辛酸的汗水与收获的甜蜜，感谢这次旅行让我懂得了"青春就要活出本色"这个道理。

在学校时，我特别喜欢参加探访老人和义教这两个志愿活动，我认为青春就要抓紧时光将更多的快乐带给别人，让这个世界充满正能量和满满的爱。每当探访老人的时候，看见老人已发白的头发和厚厚的老茧，我就会觉得光阴流逝得很快，并提醒自己要好好珍惜青春美好时光。跟老人们交流，望着他们脸上洋溢的笑容，觉得特别暖心，因为把自己的温暖传递给了他们。青春，不需要轰轰烈烈，平平淡淡的关爱也足以让人感到暖心。每当去义教的时候，自己作为一名小老师给小孩子们传授知识，领悟到的是一份责任。三尺讲台，一支粉笔，一帮渴望汲取知识营养的小孩子，这都是打心里要求自己尽能力将更多知识传授给他们的动力。青春，就要负起一份责任，让你的存在变得更加有价值。正当青春时期的我们要像太阳般发出耀眼的人性美，给更多的人带来温暖。

回忆着我青春的印记，心中感慨万千，同时又从中懂得了很多道理。也许我的青春不是最引人注目的，也不是最出色的，但是我觉得我的青春有一种平平淡淡的美好，这种美好值得我一生自豪。

青春就意味着你有很多的能量去爆发你的小宇宙，有更多的机会去挑战自我，有更多的精力去尝试，有更多的时间奉献爱心。每个人的青春都绽放着不一样的光彩，我愿意细细聆听关于你青春的故事。

青春的印记蕴含着太多的辛酸苦辣和喜怒哀乐，值得我们细细回味。我的青春印记，会是一生难以忘怀的记忆。我为我的青春自豪！

三等奖获奖作品

十一月的组诗

童　涛①

一

死者围坐的平原上结满冷光
从早到晚　他们聆听
聆听长满山坡的寂静和跳走的沙
黑色的森林扭曲着蓝色的河流
残缺不全的章节朦胧而嘶哑

被苍茫洞穿的夕阳
常常迷失在丘陵的傍晚
夕阳下从平原逆流回丘陵的眼泪
慢慢淹没低头行走的我

二

星辰分离时　观星者种下的藤蔓停止纠缠
在此仰望
日也当空　月也当空

---

① 广州大学法学院 2015 级 1 班，法学专业。

反反复复　终于一无所有

天黑了　没有光
万物不会停止生长
古老的夜曲这样唱着：
洞悉意味着命运
无知象征着幸福

三

冰霜的风声浸满五官
流浪者
被荒野怀抱着
遥想过往　回心转意

四

候鸟终于不再留恋远方
晨间　众人环绕着最后的温暖 紧闭双唇
渴望的岁月　遥遥无期地到来
开始的死亡由终末的出生注定
而被蒙蔽的高僧执着地不去质疑
圆寂变成空白经卷的自己

五

默立着的黑衣少年　目光悠远
容不下冬天和世界　飘向天空

今天过后　就再没有现在的我　就再看不见过去的我　唯有空白
挥手即是永别　别后不再凝视当年的明月

六

午夜钟声敲响
背后的安宁与光明
此刻过后木然地醒着
黑暗中从不停留的列车低沉哀鸣
无止息地走向他乡
同时　点亮前一天的灯火
将一世的所有错过叫作缘分

青春的印记

陈小畅①

我年少时，它也曾年少。
在路边沙砾冒芽的小草，
刺痛女孩儿小指头的仙人掌，
大榕树下凌晨五点钟的守盼，
青石边七彩闪闪的薄荷泡泡。

钢筋水泥给它披上成人的新装，
仙人掌枯死在幽寂的老厝墙角，
女人仪态端庄收拾大人的行囊，
启程便在凌晨五点趁着天未光，
留在青石边的荒草在风中悠扬，
可它依然是少年人年少的故乡。

---

① 广州大学人文学院 2016 级 4 班，汉语言文学专业。

寻　亲

陈泽霞[①]

　　老头和老太一人一边牵着小孩的手走下楼梯，小孩一颠一颠地下了楼梯，看见右手边垃圾桶旁一个机器人模型，撒开手跑了过去，拿起模型翻来覆去看了起来。老太马上跟了过去，俯着身子跟小孩说着什么。小孩不肯。老太伸手要拿模型，小孩嘴巴一张，哭了起来。老头走了过去，蹲下，跟小孩说着什么，指着左边路尽头的商店，将小孩抱了起来，径直走开去。

　　"磨叽！"目睹刚刚发生的那一幕，刺儿头一边将没吸完的烟扔在地上用脚踩，一边说："凤爪还他妈不来了？"

　　刺儿头的头发两边剃光了，只留中间鸡冠似的一排，不耐烦时就像一只进入战斗状态的公鸡，不免使人心中一悸。

　　"他说马上就到，马上就到！"阿三收起手机一脸媚笑地说道。

　　"他妈的，每次都是关键时刻掉链子。跟他说滚回老家收麦子去吧，别来吃这碗饭了。"

　　"大哥，阿三——"正说着，右手边跑来了一个青年，一边挥手一边笑喊。

　　"你小子这次又是什么借口啊？"刺儿头问。

　　"大哥，对不住啊，实在是昨晚下馆子，那老板不知拿什么肉当羊肉卖给我，吃得我早上直拉稀……"

　　"就该直接毒死你才好！阿三带路，走。"刺儿头说完跟着阿三

[①]　广州大学人文学院 2015 级 5 班，汉语言文学专业。

走上楼去。

凤爪摸了下脑门，快步跟了上去。

"阿三，你确定没问题吗？"凤爪东张西望，看着正在忙活的阿三问。

"绝对没问题的，凤爪哥。刚刚那对老人是乡下来的，借住在老战友家。谁知老战友的女儿从海外度蜜月回来，将他和他妻子一起接过去一家团聚去了，留下房子给那一家老少三人住。这农村来的就是没心眼，昨儿晚上把他们大老远赶到这儿来找儿子和今天什么时候去哪儿都告诉我了，你说好笑不好笑……"

刺儿头从嘴巴上把烟拿下，不耐烦地说："你他妈行不行啊？走开，让凤爪来。"说着推开了半蹲着的阿三。

凤爪见其掉在地上的铁线，也半蹲下去。

阿三爬起来，摸摸头，不好意思地笑了笑。

"一副小瘪三样儿！"

"凤爪哥，你这手可真白、真嫩啊，简直比女人的手还好看。这么细长，一看就是做艺术家……"

"啪——"锁开了。

凤爪推开门，走了进去，刺儿头紧跟着，阿三随后，将门关了起来。

"嗯——有钱人的家中，原来是这个味道。"凤爪伸腰，舒服地说着，躺到沙发上。

"呵，说你是农村来的你还敢红脖子。这是松脂香。这屋里肯定有书房。走，去看看，指不定藏了什么宝。"刺儿头踢了凤爪一脚，走开去。

凤爪起身跟了过去，突然在转角处停下，盯着墙上框裱起来的一把斧头，喃喃说道："这斧头……我好像在哪儿见过？"

阿三看了一眼斧头："不值钱。"然后跟了刺儿头去了书房。

"哦，对，小时候看过一把这么阔的斧头，没错！后来被收起来了。没错，没错。"凤爪抓着脑袋说道。脂香越发浓郁，凤爪看见刺

85

儿头跟阿三围在一个箱子前干什么。

"凤爪，来，把它打开。"

"等会儿，我……我好像又要拉稀……"

"你他妈屁事怎么那么多！你以为我们现在逛花园呢？快！"

"没事的，大哥，那老头他们今天晚上才回来，这附近没什么人，就先让凤爪哥去吧。"

"走，我们先去卧室看下。"刺儿头扔下了钳子，气哄哄地走去。

阿三对着凤爪笑笑，跟了上去。

厕所中，凤爪伸出自己的手，哼笑了一声。这手从小"五指不沾阳春水"，怎能不养得白皙嫩滑？呵，要不是二老硬按牛头强喝水要我娶了那母老虎，谁还不是在家中当少爷啊？谁乐意整日跟你们干这肖小的勾当？

好像有人开门？

"你不是说没人吗？"

"我……是啊。"

"那现在他妈的算什么？"

"我不知道。"

"你们是……扑——"

凤爪心中一紧，这声音不是……

"大哥？阿三？"

没有声音。

凤爪胡乱扯下纸巾，抹抹屁股，冲了厕所，提起裤子走了出来。

人呢？

刺儿头从房中匆匆走出，眼中有些害怕，还有一丝杀机。

"大哥，怎么了？"

"别他妈废话了，走！阿三——"刺儿头从沙发上拿起一个布袋扔给凤爪，另拿起一个扛在自己肩上，径直向门走去。

血。

遇到事儿了？

阿三慌慌忙忙跑了出来，"嘭"地把门关上。

出门往右跑。

"启龙——阿龙——是你吗？"

凤爪站住了。

阿妈？

阿三跑上来推了一把凤爪，凤爪退了两步，将布袋甩给阿三，往回走去。

"阿妈，琪琪，你们怎么在这里？"

"阿龙，真的是你？！我们来找你啊！你真的在这里啊！你不知道，阿花把钱花光了，还整天打琪琪，我跟你阿爸就带着琪琪来找你了啊……"

"阿爸也来了？他在哪里？"

"他去战友家拿钱包，就来了。你阿爸老了，琪琪又小，家里没钱了，阿花又不再嫁，你也不在……"

"阿妈，你是说战友家？你们仨是住……住在战友家？"

"对啊。你阿爸的战友是个好人，对我们也好，他闺女来接他去玩了，他还放心我们住在这里，什么都给我们用……"

凤爪怔怔的，低下头。

琪琪拿着如他脸一般大小的棒棒糖舔着，那双同凤爪一般漂亮白皙的手灵巧地转动着棒棒糖，往下看，白色的袖口处，有一摊茶渍。

凤爪盯着那苦涩的茶渍，慢慢地，茶渍晕开了，颜色却愈发鲜艳。是门边的血。

不，那是从阿爸头上流出的血。

一把冰冷的斧

陈瑞鑫①

当我被爸妈推进镇上这个与世隔绝的学校时，他们只给我留下了一句："高三了，再不努力就来不及了。"

我头也不回地走进了这安静得有些可怕的校园，四周的设施似乎很久没有维护过，喷水池早已锈迹斑斑。四周没有书声，连墙上的光荣榜也停留在……1999 年。

我弯下腰，在学校角落一处的沙土地里挖了一个坑，将身上偷偷带着的钱藏起来，以备不时之需。这通常是学习不好、频繁转校的我来到新学校做的第一件事。

正当我准备把土填得更厚实一点，身后突然传来了女人的声音："在干吗？"

我倏地一下回过头，看见一个穿着红旗袍的女人突兀地站在教学楼的正中央，她远远呼喊着我，却不曾挪动半步，仿佛不能离开这栋教学楼。

我悻悻地走了过去，她笑得非常古典，身上有着一股浓郁的脂香，她的双手白皙，红色指甲油醒目，举手投足让我想到刚才的……1999 年。

我跟着她的脚步进教学楼，学校竟空无一人，高一、高二年级的班牌上早已锈得看不清，教室里尽是落叶。直到走到尽头，廊内灯火通明，只见得教室门口的班牌上写着两个明亮的大字：高三。

---

① 广州大学新闻与传播学院 2014 级 1 班，广播电视编导专业。

这是一个奇怪的教室。刚进入时并无异样，越往里走越像在走上坡路，桌子也在以肉眼可见的距离不断缩小，直到拥挤，最后一排甚至好几个人在同一个座位上。

更奇怪的是，教室里的人似乎没有察觉到我的存在，他们都有着死鱼一样的眼睛，端正在桌子上，机械地做题。他们的手不断飞舞，仿佛只有死亡才能让他们停止动作。

旗袍老师用手指了指第一排，示意我坐在这里。

正当我愁眉紧锁，觉得这里是一群异类、想要逃走的时候，我发现身边有一个拿着笔对着一堆试卷半天下不去笔的男生。

我示意性地对着他挥了挥手，"兄弟，你正常吗？"

只见他把笔一甩，像是见了亲人似的对我大喊，"操你妈的，可算来人了！"

他说他叫王强，早上八点被送来这儿的，因为有多动症，从小就不好学。来这里待了一天了，一个字也写不出来。

我问王强，这里有没有让他感觉很奇怪。谁知他拍起桌子就说有："你看见你身后倒数第二排被挤着的姑娘了没？贼好看，以前是我们班的班花，成天打架不学好，后来转走了，这不让我在这碰见了，谁知现在这么用功了！"

我往身后看去，那个女孩正襟危坐，手上正在奋笔疾书，根本察觉不到外界的言论和观察，她的眼珠微凸，像个捉线木偶，我根本无法把这一切和王强所说的那个不学无术的坏学生联系起来。

正当我想追问，下课铃响了，这是一种老式的下课铃声。我和王强准备离开，这时，旗袍老师突然从阴暗的拐角端来了两杯浓茶。她嘴唇微启，脸上的光影由暗到明，不变的是她永远浓郁的脂香和她白皙的双手，还有伴随而来的苦涩的味道。

"来，这是你们的茶，喝了吧。"

仿佛是来自上世纪的回音。

我盯着那碗浓茶，四周波澜不惊，茶的表面却一直泛起圈圈波浪，像是讯号，又如此神秘。而顷刻间，整个教室弥漫着一大股茶香——因这两小杯茶。这时我才发现，这里每个学生衣服上都有着洗不净的黄斑，原来是这茶渍，那他们到底喝了多少茶呢？

说着，王强端着那杯茶一饮而尽，"我看他们早上都喝，我倒看看是什么宝贝！"

我留了一个心眼，将茶含在口中，假装咽掉，等旗袍老师心满意足地离开，我一口吐到地上，谁知身后的同学竟然扑过来像小狗一样舔食，仿佛整个人只剩下兽性，没有灵魂。

我不由看了看王强，目前他无半点异常。接着旗袍老师给每个人发茶，我等到她走之后，把王强所说的漂亮女同学杯里的茶直接扔到了地上。

我本以为她会有何反应，谁知她也如动物般舔食地上的茶渍，然后如同行尸走肉般回去做题。

我转头和身旁目瞪口呆的王强说："兄弟，这地方有点古怪。"

王强艰难而肯定地点了点头，"我们今晚就跑。"

我和王强回到宿舍，我们一夜未眠，直到凌晨。开始还担心有人会不睡，谁知灯一关他们便一秒进入梦乡，仿佛没有灵魂。

我和王强蹑手蹑脚地走了出去，我们打算带上钱，翻墙出去，离开得越远越好。

刚走出门，便被一个巨大的物体撞了过来，我大惊，打开手电筒，又见王强在一旁大喊："美琪，你怎么了，别吓我……"

原来是下午被我打翻茶的美琪，她似乎没有听到王强的疑问，嘴里不停发出冰冷的嚎叫，时不时夹杂几句人话。她抓着我的肩膀，不知是劝诫还是警告。

忽然，时间仿佛停止了，她的眼神呆住，好像恢复了人类的神采，她微微一笑，纵身一跃，从三楼跳了下去。

我和王强大声呼救，却无人应答。跑下去，却找不到美琪的身影。这时，四周竟响起无数哀鸣，我闭上眼睛聆听，仿佛在说"救命"。

这时，旗袍老师竟从校内的一团浓雾中走了出来，还是那个脂粉味，只不过，除了那双白皙的手外，还多了一把冰冷的斧头。那把斧头和平常的斧头一般，却黑得发亮，看上去年代久远。

"美琪在哪？"

"没有人来过这里，你们看错了。"

我和王强走回了教室，被锁上了门。我问他："刚才美琪说了几句话，你听见了吗？"

他若有所思地点了点头，"茶，办公室，快逃……"

"还有一把冰冷的斧头。"

第二天一早，王强就被带进了办公室。王强走的时候，死命地拉着我，我说我们一起去，旗袍老师只是在那笑，接下来就有几个大汉过来将王强拉走。

我焦急地站在办公室外面等，只过了五分钟王强就出现了，连一声尖叫也没听到。

"谢天谢地！你没事！"我激动地喊。

我的表情瞬间凝固了，因为我看见了——在王强脸上从未出现过的那样机械性的笑容："斧……头……，跑……"

他再也没有说过半句话，他的嘴角在微笑，但眼里却一直在流泪。

我撒腿就跑，王强拿起一支笔，在地上机械地写字、做题，他的眼中绽放光芒，仿佛发现了奇珍异宝。

旗袍老师的声音幽幽地传来，"你以为没喝我的茶，你就跑得了吗？"我突然被绊倒，那几个大汉按住我，往我口中灌了口浓茶，那黑色的水墨从口腔蔓延到食道，再至胃中翻滚，我仿佛看见了永远洗不掉的茶渍。

"时间短了点，那你就永远这样下去好了……"说着，她就从旗袍后拿出了她那把黑色的、冰冷的斧头。我不知道她会将我怎样，我只知道再继续这样下去，我的下场将与王强一样。此时上课铃响了，早读开始了，轰鸣般的书声传来，王强坐在地上傻笑。

我挣脱了出去，像美琪一样从三楼跳了下去。那一瞬间我感觉身体里的气血上涌，口中鲜血直流，仿佛听到了一个温柔的女声，在风中发出"唉"一般的哀鸣。

我想站起来，却不行。我闻到了一身脂粉味，看到了那白皙的手，和那一把冰冷的斧头，我还看到了她的笑容。她举起了斧头，像是一种对战败者的嘲讽。

我看着她往下劈，然后等待我的结局。

奇怪，没有痛。

我感到身体好似轻飘飘的，忽然又坠入了深渊，心中那块软柔的地方好似一团团被人撕裂。那些快乐、悲伤，一瞬间都被人抽走了。

我看到我站了起来，在我的视角。

我看到旗袍老师，她微笑地点头，我看到我想奔跑，想大叫，却跟着她上了教学楼。

我看到我坐在王强身边，面无表情地奋笔疾书，背着那些我不认识的单词和公式。

我看到我的父母，他们对我嘘寒问暖，最爱我的妈妈看出我变得有些奇怪，而那个我却在内心阴暗的角落里狂喜。

直到旗袍老师拿出我的试卷，那鲜红的分数让她喜极而泣。她左拥右抱，说现在的我是她的骄傲。

那把斧头斩断了我的情感、灵魂，却自嘲似的，斩不断父母对我们的满足。我看到所有人的父母喜极而泣，那时，旗袍老师说："看吧，这才是你们的父母最喜欢的你们的样子。"

是啊，我看到镜子中的自己，对着陌生人般莞尔一笑。

又是一年山茶花开

王莹雪①

一

夜深了。

雨丝依旧纷纷扬扬，似轻羽飘飞，似笙歌浅吟。

夜行人的脚踏车前擎着一盏灯，周身裹在滑溜溜的雨衣里，急匆匆地从无边的昏黑混沌中划过。水汽迷蒙在灯前，凝结成一圈淡淡的光晕。光所照及之处，雨丝愈像被惊起的飞蛾，奋不顾身地扑向这熨热。澹澹寒气紧紧贴在赶路人儿的背和肩胛，使那人儿像极了一缕幽魂——颤巍巍地驶过田间阡陌，跨过小桥，来到逼仄的小巷。参差的青石板绵延着更入夜的深处。转过街角，那人儿无意间溅起阴影里的一洼水——哗啦，荡起几只躲在人家屋檐下御冷的寒鸦。只见纸糊成的灯笼里，黑色的影子不安地扑腾了几下，稍过一会儿，又恢复了平静。

渐行渐远的光亮再次被绵延不尽的黑暗淹没，仅留下几个被聒碎的梦。

小巷的深处，有个窗口仍亮着幽幽微光。颤动的火光，似乎经受不住夜的深沉，行将熄灭，奄奄一息。

---

① 广州大学人文学院 2016 级 3 班，汉语言文学专业。

屋里，一盏煤油灯的火光正忽明忽暗，修长澄净的玻璃灯罩，在木桌上拉出长长的影子。灯芯苟延残喘地燃烧着，灯台里浸渍灯芯的煤油已所剩无几，可夜还很长。老人身着薄衫，俯身在一块樟木前，臃肿的棉衣摊在她身后的藤椅上。她一刻也不敢停歇，左手秉着木锤，右手拿着刻刀，细细地雕琢着。每当木锤敲打刀柄声落，一片木屑便悄然绽放，游逸着淡淡的樟木清香。渐渐地，她的双鬓间竟沁出细汗，手边刨出的木屑凌乱了桌角。

终于，她放下了刻刀。

呼，轻吹木雕。无数的木屑翩然飞起，迷蒙了好个慢慢长夜。

木雕上，朵朵山茶花开得正好，掩映在锯齿状的叶子间。它们尽情舒展着，似乎在诉说着什么，又似乎在憧憬着什么。她那布满厚茧的手指，沿着木雕上的纹路，爱怜地摩挲着、轻抚着……

蓦然发现，她眼底早已一片氤氲。

虽年过古稀，她还似少女的模样。满头银发依旧绑成两根细长的麻花辫，垂在襟旁，那是她执拗青春的唯一见证。她怔怔地盯着那玻璃灯罩上映着的鲜红的"囍"字，怅然若失。

二

晨曦一声鸡鸣，惊飞了纸灯笼里的最后一只寒鸦。老人抽了口冷气，猛地从睡梦中醒来。昨夜的煤油灯灯油已燃尽，灯芯烧成一条黑色的残骸耷拉在玻璃灯罩内侧。昨夜不知怎的竟迷迷糊糊地睡去了，全身像未上油的机器，艰涩僵直。她懊恼地拨开脸上沾满的木屑，抓起一把樟木梳子，满头银发倾泻而下。

又是早春三月。

下了一夜的雨，巷子里的青苔似乎又绿了些许，点点葱绿缀着青石板向巷子的深处蜿蜒。日头初生，暖烘烘的阳光撩拨着粘在青石板上的水滴，不多时便笼罩着一层薄薄的雾气。冬日尚未褪去的寒气，没有黑夜的包藏，不得不蜷缩在光照所不及的旮旯，只等夜幕降临出来肆虐。

六七点光景，小巷两侧人家才陆续搬开门板。像那春虫，虽然第一声春雷早已响过，但仍死活赖在松软的被窝里。直到他们从美梦中猛地惊醒，才知日上梢头，不由得手忙脚乱。

巷头的早点铺子，摞得高高的蒸笼腾着滚烫的白色热气。一桶白粥在慢慢煨着，白色的米浆泛出诱人的清香。鸡蛋、白肉、豆干、八角、蒜头在卤水里炖着，黏稠的汁水翻滚着酱色。橄榄菜、菜脯、姜丝、椒盐酥花生仁、贡菜、贡腐、肉脯、青瓜丝……一一被盛在瓷质小碟。店里店外随意散落着木桌和木凳。店主叫老杨，窝在这里专干卖早点的生意，一眨眼四十几年便过去了。由小杨变成老杨，人还是那般模样，矮个子，脸上一直挂着四季常鲜的微笑，憨态可掬。唯一变的只不过是脸上多爬了几条皱纹并串起了些许暗黄的斑点。铺门口有个灶台，他正用木筷小心翼翼地拣起油锅中炸得金黄的油条。腾腾热气中，他的脸愈发红润，仅剩的几条毛发似乎也沾上了水汽，服服帖帖地粘在他的头上。他一边忙活着，一边向外招呼着："来食哇！阿妹阿弟阿婶阿叔快来哇！有油条、豆浆、粿条、莲蓉包……"

对面一个少妇，正跟买菜的小贩吵得不可开交。两人争得面红耳赤，只为小贩是否秤足斤两。那少妇吼道："你生就一副'圆钱目'，我找你买一斤菜，菜叶洒水还不足秤，这菜我不要了！"少妇越吼越得意，来往的路人纵急匆匆，也忍不住凑过来瞧热闹。他们细细记着每个字眼，等下到巷头巷尾再逗趣一番好叫人赞扬自己消息灵通。却说那小贩见周遭渐熙攘，不由得慌了些许，咬牙说："我穷苦人啊，夜里三四点就得搭渡船过来，家里还有两个孩子等着吃饭……"他那喉结在干黑的皮下艰涩地扭动，"罢了罢了，这菜你还是得拿去，我再给你一个菜心就是了。咳！"众人终于悻悻散去。

那边巷头猪肉铺子的老板，随手折了一根竹枝时不时挥动着，以赶走追逐腐肉的苍蝇蚊虫。紧靠在旁边的贩子堆着一车的"鱼饭"，埋头在鱼腥之中呼呼睡去。清晨的小巷注定会被各种声响敲得支离破碎。那边摔破声响毕，这边妇人叫骂声又响起。唯有理发店里的一个半聋老头子，边染发边窥着一份几天前的日报，在喧闹中保持着一贯如此的安详。

一个疯子从角落里窜出，蓬头垢面并面带神经质地唱着：

天下奇事多又多，听我唱支滑稽歌。老鼠拖猫上竹竿，小鸡倒退踏死鹅。

书生上山掠海马，道士厝顶摸田螺。尼姑抱仔走去看，和尚相拍斗挽毛。

青夜伊呾有看见，老哑哩呾无无无。青夜伊呾有看见，老哑哩呾无无无。

一群小孩围在他身边疯闹，像追逐着一只小猫小狗。殊不知，那疯子却是在追逐着曾经温润过他的童年。

三

"清清！清清！来玩呀！"疯子径直对她喊着。

老人叹了口气，不睬他，径自往前走。

疯子自讨没趣，改口唱着：天下奇事多又多，听我唱支滑稽歌……

那老人，就是清清。

隔壁巷子，有座老宅。高筑的围墙经历了近百年的风雨，早已疲惫破败不堪，墙上的壁画如今终究还是坠漏飘茵，混沌一片。沧海桑田，寒来暑往，高墙终究还是经不住时间的刻薄。它佝偻着，但也仍坚挺着，只为守护院子里那一株山茶花。它竭尽全力守卫那个纯粹的梦，虽然没有肉的成分，却有着灵的成分。

老人温热地摩挲着那大门上的铺首衔环，"福寿圆满"的字样粗糙了些许，但依旧能够辨明。老人闭上双眼，迁缓地推开宅子的大门。

96

期待、焦虑、羞怯。噗，满眼的灰尘迷离。朦胧中，她被一双温热活泼的小手牵着，不由自主地走进遥远的光亮中。

这宅子所在的村落嵌在韩江三角洲的北角，位于韩江之东。韩江由北向南穿境而过，江的西岸，古城墙滨江而立，蜿蜒数里，为历代郡、州、路、府、县治所在之地。

城墙之上，有四座城楼，分别为广济门城楼、竹木门城楼、上水门城楼、下水门城楼。其中，广济门城楼为古城城楼之首，始建于明代洪武年间。移步广济门城楼下，抬头往上望，便可瞧见一座三层四檐的建筑，青灰色的瓦，红漆染成的柱子、横梁，层叠的飞檐，黑底镶金字的牌匾相互掩映，气势巍然而庄严肃穆。想当年，城楼之上歌舞升平，明星荧荧，嫣然巧笑，酒香、肉香、脂粉香随意杂乱地搅和在一起。如今，还是这一轮皓月，这一江江水，时光荏苒，经历了多少的历史兴衰，却从未变样，楼上的欢乐喧嚣，却早已如过眼的烟云一消而散，有后世人好奇欲究其当时的情景和心境，遗憾的是没有一丝一毫能够追寻得上，只剩下被时光抹去后的空虚。唯有对着空荡荡的古城楼空想，以独享那一份幽昧，却恍若隔世。

正是这座府城，庇护了星罗棋布的小乡村。正是这道江水，哺育了江水两岸的万千生灵，不多也不少，恰到好处。在这里，北面、东面、西面都伫立着延绵的山地，中部是广阔的平原，南面濒临着南海。地表由西北向东南倾倒，数不清的河流从发源之地汩汩涌出，缕缕细流在大地上编织成数罟般细腻的绸缎，最后顺着地势的起伏注入浩洋。三千多平方公里的沃野，就这样静静地摊在山与海的环抱间。

清清四岁时，便和她的外婆外公住在一起。偌大的老式宅子里才住了三个人。

盛夏，四五点时天就泛白了，别人家养的公鸡早已打鸣。外婆也醒了，定了定神，伸手轻抚着睡在旁边的清清，还好，不会像前夜那般在梦中闹腾着，这小家伙迷迷糊糊中竟翻身到了床底下。清清像只小蛤蟆趴在凉枕上，四肢展开成一个"大"字。屁股在小花裤下撅得高高的，后背随呼吸微伏且闷出一洼热汗。外婆于枕下索一把蒲扇，缓缓扇着清清的后背。她爱怜地望着粉扑扑的小脸，继而转向莲藕般粉嫩圆润的四肢，然后怔怔着出神。

耳畔，唯有睡在地上的外公间歇性发出雷鸣般的打鼾声。

四

悲痛是一种奇妙的东西，时间一久，终究被淡忘。

从江堤上望去，景致还是那般模样。那江水昼夜不停消地向南奔去，未曾驻足。几艘采沙船上的船夫不断地从船上卸下成堆的细沙，在江边堆成一座沙山。向远处遥望，江面上湿气迷蒙，如雨似雾。几艘采沙船高高的桅杆缓缓推移着，似乎也在迷雾中迷失了方向。那大江仿佛是一个巨大的棋盘，采沙船上高高竖起的桅杆就是棋子，不存在对弈双方，不存在输赢之论，有的只是生存与毁灭的被动抉择。而掌控这抉择权利的，也不知道是谁，天说了算。

采沙显然就是看天吃饭的生意。年轻的汉子为了养家糊口，不得不干这一行当。收入无可置疑极为可观，但风险并存。男人每次出海，临行前，家中的妇人必会先烧几炷香，不胜其烦地往江流的方向拜几拜，祈求神明佑他平安归来，使他不被水鬼拖走。船儿顺着江水南下，愈至江心，江水愈湍急凶险。一旦碰上水底的暗流漩涡，人和船往往挣脱不得，即刻被浩渺的江水吞没得无影无踪。清清的父亲便是其中一个殉难者。

早早出门去采沙的人直至日头西斜还未归，家中的妇人满腔愁绪早已在阴翳里酝酿着。村里人自寻几只船前去追寻，当然都是竹篮打水一场空。怎可奈何江面底下暗流涌动，更不曾见到船只的片甲肢骸。每每打捞船上的人在船靠岸之时便尽量板着面孔，尽力装出一副颓散的模样，像只消了气瘪掉的气球。亲属见到这般模样，自然难掩内心的苦痛。号啕大哭，哭干了眼泪，心里就只好默然滴血。心底最后的防线溃散了，躯壳里的灵也就流走了，人生就变得空荡荡。

清清的母亲就是其中一个。

女人跪在江边，哭得凄厉，悔恨自己在男人临行前忘了向神明祝祷。

最后一丝希望破灭了，整个人也垮了。

这天，清清被母亲牵着来到外婆家。

清清拣根小树枝，蹲在内院那株山茶树下，胡乱地拨弄着地上肆意横行的金丝蚁。只听母亲和外公外婆在房内嘀咕了好一阵子。

母亲终于出来了。

清清困惑地盯着她。

母亲牵着她走回去，一路无话。清清不时地转过头瞧母亲脸上多出来的两个晕红的眼圈，噘着嘴陷入深思。懵懂晕开无尽的不安、惶惑。就这样，她们一直走着，从一条小巷，到另一条小巷。

"阿伯！"

清清眼尖，从很远的地方就瞧见巷子做木雕生意的张伯。张伯佝偻着俯身在一块木板前，正刻得入神。听见有小孩声喊道，咯噔一下，满眼昏花从木屑中抬起。

"哦，清清呀！要不要过来玩？"

清清对身旁的母亲努了努嘴。

"张伯。"待她们走进，母亲对张伯打了声招呼，平静中却难掩震颤。

"今天你们母女俩哪里玩去了——"

张伯见清清母亲那般神情，改口道：

"有空叫清清过来玩呀！"

"嗯，好。"

她牵着清清准备往前走。张伯忙从花雕匣子中掏出几颗糖塞到清清的裤兜里，接着用他那双温暖宽厚的大手摸了摸清清的头。

"清清要乖……要乖……"他欲言又止，目送她们渐渐远去。

清清回头，却见张伯还在远处愣愣站着。那副老花镜在阳光中一闪一闪。

后来的后来，清清的母亲改嫁了。

五

她嫁给邻近一个年长她二十多岁还未婚的男人。男方家一脉单传，即使忌讳女方有过亡夫的历史，也只得将就罢了。她过门两年后，终于诞下一男婴。

清清母亲的愿望终于实现了，但神形却更加瘦削了。

那一年，清清刚满四岁。

却说清清的母亲才二十八岁，耳目清秀，高挑细瘦，不甘心年纪轻轻就守寡。何况，她只生了一个女儿，而不是儿子。上有老，下有小，养家糊口这块大石重重地压在一个年轻女人羸弱的肩头，生活着实不易。作为一个传统的女人，她最大的愿望就是能有一个儿子，为此，她可以牺牲一切代价。况且，女儿迟早也会嫁出去。与其给女儿增添负担，不如自行寻找依靠。亡夫那边的父母还有两个男丁，知她心中的苦衷，也没多加阻拦。自家的父母更不会再说什么，只是从此睡梦中便多了一个无形的疙瘩。

对于改嫁的事，知情的人对她表示同情，不知情的人难免会有流言蜚语。（她的忍耐能力再大，心中纵有大窟窿可终究还是会被填满。哪天出门去，在巷子走了一圈回来，便吃不下饭了。）

清清继父老来得子，家中父母自然甚是欢喜。他们恨不得把小孙子时时刻刻捧在手上，窝在心里。每天他们照例用新鲜的猪心细煨慢炖成一碗粥，然后一勺一勺地喂给小孙子。每每此时，清清总是知趣地走开。母亲则在旁静默着一声不响。

午后阳光倦怠地躺在人儿脚边。

"天上月，地下花，生有逗团唅发家。发家有好吃，爹娘吃到红牙牙。

天上月，地下花，生有走团唅纺纱。纺纱有好吃，爹娘穿到烧虾虾。"

清清趴在摇篮边上，边哼着边逗弄着小弟弟，忍不住伸手摸摸他滚圆粉嫩的四肢，怎奈他却无故哭闹起来。奶奶忙抢进房来，一把推开她。

"弟弟乖，不哭啊——不哭啊——"

她回头恶狠狠地盯着清清。

"你为啥打他！"

"我没有。"

"还说没有。我告诉你父亲去！"

母亲进屋，一边哄着小弟弟，一边护着清清。

"她这么坏，你还护着她！你偏不偏心呐！"婆婆恶狠狠道。

母亲再也忍耐不住，积蓄了一肚子的怨气倾吐而出。公公自知劝架不住，只好出门去寻儿子回来。

清清的继父终于跨门进来。争吵声方才息止。

恰逢元宵，家中却陷入了不合时宜的沉寂。

继父欲揽清清骑在他的肩头，前去宗祠里看花灯解闷。

刚进里屋，却见清清背贴着墙角，小手指着他，抽泣着："你不是我爸爸！不是——爸爸！呜呜——呜呜——"继父一愣，然后疼爱地抚了抚清清乱蓬蓬的头发，温和地劝慰着："乖，乖啊。"然后抱起她，继续轻声抚慰着。终于，清清不再挣扎，于泪眼蒙眬中睡去。

家里公公兴冲冲地从祠堂回来。

坐定。紫砂壶的水汽袅袅腾起，烟雾缭绕中，他快活得双颊竟现出了绯红。

"奴啊，我们家可终于有男丁了。老辈人说灯节这一天就得去祠里点灯，有多少男丁点多少盏。这不，我刚点灯回来。诶，别提有多亮呢！终于不会被隔壁阿婶阿叔取笑说我们家空落落的。"父亲说着说着，像暴露在日头底下的泡沫，软绵绵地塌在红木椅上，只盯着天花板傻笑。

儿子一声不吭，默默地在旁泡茶。

稍过片刻，他撇下父亲独自走开。

圆月升上高空，静谧安详浸渍了好一个深夜。皎洁的月儿，是一位忠实的听众，聆听着世间无声的唏嘘。深夜未眠的人儿愁绪碎了一地，月光却将其拾掇，抛向寒风并使它随风远去。

万籁俱寂，清清的继父坐在门槛上，默默对月点烟。

隔天，母亲牵着清清又来到外婆家，把清清留了下来，自己挂着两个晕红的眼圈独自回去了。

六

外婆腾起身子，起床后，踮起脚尖，蜻蜓点水般绕过睡在地上的外公，胖墩墩的身子轻巧地飞旋了一会儿，便在门槛边稳当落地，捣米做饭去了。不一会儿，外公也起身下田。

"哗哗……"外婆将刚打上来的一桶井水倒进大铁盆，随后又提着桶到井边。一手握紧系在水桶上的长绳，另一手将水桶倒扣用力往下甩，水桶入水之际，"咚"的一声闷响，水缓缓注入桶里。井边上的人瞅着水快装满时，便揪住长绳用力往上提。

"妹妹啊，起床呵，太阳晒屁股啦！"外婆搓着衣服，对卧房的方向喊道。

清清听到声响却也不理会，嘟了嘟嘴，侧了身，又昏沉沉睡去。

"妹妹啊，妹妹啊。"

"快起来看小鸟哇！"

清清挣扎着起来，"小鸟！小鸟！"她含含糊糊应和，爬下床来，趔趔趄趄地朝天井里迈去。

"你头上怎么乱成鸡窝似的。"外婆憨笑着，腾出手来拿出湿毛巾往清清的脸上抹去，"清醒了没有啊？昨晚是去哪里做贼啊？"清清对外婆傻笑，脸还未擦完，她赶忙到小巷里追一只小麻雀。麻雀抓不着，回头被蝴蝶吸引，"嘿——"边跑边嚷嚷。

大门吱呀一声，外公回来了。清清又扑将过去。

"妹妹，瞧我给你带了什么好东西？"

外公把手里的东西藏在背后，清清信手去抓，但个子太小，当然够不到。外公待把她逗乐够了，便把东西予她。

矿泉水瓶里面有三只小蜻蜓，噗噗地扇着双翅，急于甩掉身上的小水珠。清清将瓶子高举过头顶。她借着阳光痴痴地观察着小蜻蜓透明翅膀上的奇异纹理。

"小鸟，小鸟！"

"妹妹，不是鸟，是小蜻蜓！"

清早，外公用瓜瓢舀些许清凉井水，小心地泼到花盆的土壤当中。接着把手整个儿浸到水中去，抓了把水向旁边的茶树洒去。叶子和花瓣都被濡湿，数不尽的小水珠掩映在淡红与墨绿中，像数不尽的棱镜，反射编织重重光丝，游离了一片氤氲。外公的眼睛也被擦亮了，每每这个时候，他眼睛里总噙着流光。晌午时，花盆里，稀松的土壤已经凝结成小土块，硬邦邦的。清清翘起小指，认真地抠着土块，掘出一块，或是用手捏碎，捏不动的，则使出浑身解数用小脚丫踩碎，玩得不亦乐乎。抑或跟着外婆上隔壁巷子的集市，卖鱼的大叔掏出几个亮金金的鲍鱼壳给她，她就又将鲍鱼壳一个个堆在花盆边上。

每隔几天，茶树下，时而多了一个玉兰花的花苞或是一颗雨花石，时而还有一只未剥壳的菱角。

中饭过后，外公在内院顶上拉上黑纱，盖上门帘。接着，他抓副老花镜，倚在厅里的藤椅，悉心钻研行书笔法。清清则端只小凳子在内院里，在山茶树边坐下，"一二三四——"她数着山茶树枝头的花苞，"一二三四！四朵！四朵！外婆，外公，有四朵！"

"妹妹会不会数错罢！"外婆的应答声连同刷碗声从厨房越墙而出。

外公则在镜片后陷入沉思，一声不响。

炎夏午后两三点，日光甚是毒辣，黑纱网再也挡不住夏日阳光的炙烤。地面是假意的平静，此时底下蓄满的热量躁动着，烤焦了飘落在地的绿肥叶子，烫伤了没穿鞋的赤脚。一有风动，热浪随之滚滚而来。

卧房里，清清熟睡着，外婆一手不住地扇着蒲扇，一手轻拍她的后背，头顶上的三叶扇吱呀吱呀。厅堂藤椅上，老花镜仍顽强地搭在外公鼻梁，镜片后眯了双眼，额头堆起一沓皱纹，耳畔打鼾声响起。

屋后竹林，风划过，哗哗作响，蝉之歌不由自主随之一荡一荡。

七

阳光与水，永远是夏天永恒不变的主旋律。

邻居的一群小孩一从学堂解放，立马飞奔回家，书本一丢，跨过巷头的石板桥，往田边的一条小河跑去。待到太阳准备下山，暑气消散得差不多的时候，外婆牵着清清的小手赶到河边去。

河边，外婆用手舀了河水，在清清的胸口拍了拍，念叨着：

"一二三，洗浴免穿衫，三四五，洗浴硬过老石部。"接着拍拍她的小屁股，说道："下去吧。"

她往浅水洄去。水花乱溅，欢声笑语，淋洗掉全身的暑热，却洗不掉童年刻骨铭心的美好回忆。河的对岸，水面漂浮丛丛葱绿，簇簇心形叶子，像绽放在水面的绿花。末了，孩子们还偷偷洄去河对岸，掀起浮于水面上的叶子，小心翼翼摘下藏在叶底阴影里的菱角。未剥壳的菱角有的黑黝黝，有的则泛着暗紫色，像牛一样长着两只角，外壳像抹了油一般，滑溜溜的。时而撞上栽种菱角的农人气冲冲拿把锄头赶过来，孩子们像群受惊的鸭子瞬间炸开，迅速又泅回对岸河畔。

农人的怒骂声，孩子们的笑声，伴着绯红的晚霞，田间小路留下一串归家的脚印。空荡荡的天空充盈着童稚的声音：

"一脚雨伞，二脚鸡母，三脚蟾蜍，四脚水牛，五脚唪嘎，六脚沙蜢，七脚马龙踦，八脚马鬼爷，九脚没人有哦，十脚阿蟹舅。"

太阳落山，暑气退去，天色渐暗。内院里，山茶树旁，置一张饭桌。三人，一菜，一肉，一汤，足矣。饭桌下，蚊香滋滋地燃着，烧得通红，散发幽幽清香；红光殆尽，便慢慢化为灰烬。墙上的灯管，幽幽地泛着白光，几只盲目的飞蛾，在灯管上撞出清脆的声响。

深蓝的苍穹，星星像江沙一般多，老屋屋顶的一双飞檐在凝重夜色下编织着曼妙的侧影。祖孙三人在外面的院子纳凉，外婆提起半浸在井水里的水桶，掏出一只冰镇西瓜，小刀切开。只见殷红的瓜瓤缀着些许瓜籽，下边的瓜皮衬着诱人的翠绿色。

外公在院子里摆起茶具，招呼巷子里邻居老小围坐小桌旁。

炭炉焙着紫砂壶，壶盖上的小孔冒出长长的烟丝，缭绕在外公的头顶，还缠在众人的鼻尖。水汽推开壶盖，缝隙发出滋滋的声音，外公掀开壶盖。

"是'蟹目水'，这炭炉烧得真快！"

"对呵，火力足，得留心看着。"王大爷用蒲扇扇开眼前迷离的水汽，这样应道，"水完全烧开泡茶就不大好喝。总觉得味道不纯。"

"老陈，有没有备好茶呀！"

"有！上好的凤凰单丛！"外公自豪道。他提起紫砂壶，往盖瓯中倒入烧得正好的水，并盖好盖瓯盖。静候片刻，他娴熟地掀开盖瓯，倒掉第一遍茶水，接着又把水泡上。清清在其旁啃着西瓜，吃一口，就吐出一粒瓜籽。

王大爷回头看了清清，对外婆道："清清长得真雅！和她妈妈小的时候一模一样。"他清了清喉咙，正身感叹："恕我直言，可惜她选错了对象，不然，你们俩早享清福去了。也苦了这孩子！唉！"

外婆木讷不知要怎么回答，干脆沉默了。

"过去的事就让它过去吧！"外公打破沉寂，一边倒出茶水，一边大声喝唱："关公巡城！"

"韩信点兵！"

他握着盖瓯一顿一顿，让剩余的茶水均匀滴落到三个茶杯中，不多也不少。清清被吸引过来，一对眸子专注盯着外公有板有眼的动作，眉目之际流溢着像天上皓月般幽幽的光。

"长得和她母亲一样！"

"来，吃茶！请！"

"不客气了！"

"这茶甘得很，好茶！"在旁一直怔怔的张伯终于出声。

外公抿着嘴，露出得意的微笑。

"欸老张啊，你上次说要刻出龙虾蟹婆，进展得如何？"

不答，沉默了一阵子，"来，吃茶！"

一弯月儿升上树梢，烘出一片蝉鸣。外婆扇着蒲扇，扑走盘桓在脚边的蚊子，清清把头埋在外婆膝头，一时兴起，念一首歌仔：

"月娘月光光，秀才郎，骑白马，过庵堂。庵堂狭，狭过山，炒猪肝。猪肝炒唔熟，配红肉，红肉壳，刺着脚……"

所有人默默听着，心里各想各的，却不愿这声音停下。

八

张伯已经六十多岁了，还未娶妻。

家中的父母早已入土，自己就靠着在巷子里做点木雕生意过活。他的小店极不起眼，店门口并无剪纸，无老王门前大红灯笼显摆招摇，也无老杨早点那般鲜美诱人。换句话说，他窝在巷子深处的极不起眼的旮旯，但也不似隔壁药材铺子那般阖门静居、固守迂腐。屋内，只有一个小方窗。奇怪的是，白日里无论什么时候，阳光总能穿过这狭仄的窗口，仿佛它们会拐弯似的。窗子下，有一张普通的木桌子、一把藤椅，桌上还有一盏煤油灯。桌子对面的角落，还有一个严实的大包裹。墙上，缀有圆雕、浮雕、锯通雕。细赏之，有四季果品、花鸟虫鱼、虾兵蟹将、珍禽神兽等图案，更有精卫填海、女娲补天、大闹天宫、刘姥姥进大观园等戏景。它们俱被上漆贴上金箔，富丽堂皇，光线照及之处，金光熠熠，影影绰绰。红砖地还胡乱堆着些许未上漆的烛台、果碟和门窗横肚装饰。被剔除的木屑尚未理净，木锤声响，即刻又有新的木屑纷纷飞落。它们一片轻搭着一片，像五月木棉花絮，满蓄松软一地。木屑上的樟木香像一粒粒顶在草尖的晨露，只待有人拂过，即骨碌碌地滚下来，溅起一地芬芳。

清早，清清和外婆买菜回来，路经张伯的小铺，清清往往嚷着要留在张伯那里戏耍。清清一手捏着在巷头杨老伯早点铺子买的莲蓉包，一手捏着木屑，闹着、玩着。时而又喃喃而语，给张伯道着杨老伯的儿子小杨——矮个子，憨态可掬。清清戏称他为矮冬瓜，每每听到清清口中的小杨，张伯也禁不住扑哧扬起嘴角。

一日，张伯正拿着刻刀在一个已成形的龙虾蟹篓内仔细雕琢，他灰白的眉际紧蹙，额前密密麻麻的汗粒愈加渗出，刻刀愈加震颤。龙虾蟹篓表现的是渔民捕虾蟹的篓筐出水之际的情态。龙虾蟹篓所用的是通雕技法，乃木雕的最高境界。通雕旨在一块樟木上进行圆雕和多层镂雕，以实现玲珑通透的审美效果。雕刻出来的作品必须为一个整体且相互连通，丝毫的拼接都是不允许的，也即每一刻一痕都直接决定着最后的成败。张伯手中的龙虾蟹篓竹篾编织经路已明，竹篓外趴着两蟹四虾，几根海草缠绕在竹篓，几粒未干透的水珠凝于其上。通过竹篾编织交错间的缝隙，他将刻刀探入竹篓的内部，意欲在里面的木块中再琢出一只龙虾。内行的人都知，整个龙虾蟹篓外面的功夫都不及仅仅里面的一只虾。

"咣当!"龙虾蟹篓在红砖地上磕成两截。

只因竹篓上的竹编断了一根。

张伯的脸痉挛似的抽搐着，像一只被风干的皱缩柚子。清清心中默数，这已是第六次了。

半晌，张伯疲惫的脸稍舒，小心翼翼地将刻刀收进匣子里。

怔怔的，若无其事。

"阿伯，我也想学木雕。"

"当真?"

清清认真地点点头，透彻纯净的双眸坚定而平静。

响头一叩，师徒即成。

九

"师父，学什么?"

"要学好木雕，磨刀是关键。你把墙角的小青沥石搬过来——小心别砸到脚丫子啊——然后两指按住刀柄——小心手别割伤啊——边磨边洒水洗净磨出来的锈花——"

不多时，清清弃了刻刀，和隔壁老中医的宝贝猫戏耍去了。那猫人称乌云踏雪，因它全身乌黑油亮，而四只爪子则是雪一般的素白，脚底则嵌着粉红的肉垫。或许是久居于药材间的缘故，猫的周身凝着浓郁的中药材的香气，细闻之，隐隐有银杏花、甘草、灵芝、黄芩、芍药等的香气。此外，还有几分李老头子的迂腐。

倦了，清清便倒在散落于地的木屑堆中呼呼睡去。木屑作床，樟木香入梦，熟睡的人儿玫瑰色的鼻翅微微张翕着，双颊绯红初绽，嘴角荡起一丝微笑。

张伯进里屋拣了条布子，轻覆在清清的身上，慈爱地拍了拍那双小脚丫。

午后的阳光慵懒地散在木屑上。

他又佝偻着俯身在一块樟木前,粉笔勾勒的龙虾蟹篓轮廓业已成形,老花镜后的那双眸闪着慈爱、动人的光。

两年里,平静而祥和。两个夏天依旧那么漫长炎热,除了一场风灾,就没什么可以称得上印象深刻的了。

六月底的一天,清早外婆起身捣米。天灰蒙蒙的,阴沉中带着一股无名的怒气,云层压得很低,湿漉漉的。

"今天一定会落大雨,得赶紧到地里去看看。"外公来不及扯平衣角,急匆匆出门。

收音机沙沙叫嚷,沙沙——沙——"观众朋友大家好,下面来播报一则天气预报。由于受今年第四号台风的影响,今天白天到夜间,预计会出现暴雨,局部特大暴雨,伴有雷暴。阵风七级——沙沙——台风橙色预警信号已经生成,请有关人员做好准备——沙沙沙沙——再播报一遍……"

韩江江面上一片烟雾,对岸的古城墙在雾气里隐约可见,仿佛在极力藏住自己的娇羞。江堤上望去,江滩边上泊了许多采沙船,在外采沙的或者外出捕鱼的小渔船都陆续回港了。高高的桅杆上水手松开缆绳,卸掉船帆,还有些水手忙着将船头系在江边大块的岩石上,一根根赤裸裸的桅杆指向阴沉的苍穹,仿佛在直斥即将到来的暴风雨,又仿佛是农人对天宣泄内心的不安。每逢台风横扫而过,不知有多少农人家的菜地会遭殃。成群的红蜻蜓在空中飞窜,像受惊似的,急欲在大雨来临前找到一个避难所。

中午时分,天愈阴郁,大风刮起。山茶树前几天新抽出的花蕾好几个被打翻在地,失去艳阳的润泽,草木皆折。外边院子里的百合花在风中耷拉着,显得愈是惨白憔悴。荷缸中,几叶荷叶失去往日亭亭净植的姿态,被大风扯断了腰杆,抽出纤柔黏糊的藕丝。风肆虐着,穿过镂空的厅门,钻出屋顶瓦片腹下的狭长空隙。它卷起地上的落叶,牵着它们腾上高空,过一会儿又故意将它们重重摔下。

清清屁颠屁颠跟在外公外婆身后，在门槛上进进出出，却不忘将自己栽种的小番茄捧进屋去。

天色将歇，电光一闪，接着一个炸雷，天际霎时间被撕裂了一般，乒乒乓乓雨水倾泻而下，风声、雨声、雷声、犬吠声，还有巷邻婴孩的哭闹声，乱成一团。三人躲在卧房，静静地听着，又是一阵响雷，整幢屋子都不禁摇晃，墙角滚下些许细沙。清清不哭也不闹，只是睁大眼睛，双手捂住耳朵，脸上挂着一阵铁青。

屋外，风发出咻咻的呼啸声，不断有雷响。

"啪！"一块瓦片被风掀到地上，摔个粉碎。

黄昏时分，风雨渐行渐歇。空中雨丝飘零，阴郁的云层被洗劫一空。韩江水暴涨，水倒注入小巷，汩汩宛若溪流。

清清央求外婆把洗衣服用的大铁盆借给她，然后她把盆当船，把树枝当浆，顺着小巷洄去。水平如镜，倒映着满天的绯红的晚霞，水中的鱼儿似在青石板上嬉闹，又似在天空中悠游。拐过巷角，水路又分明。不远处，断成两截的龙虾蟹篓缓缓荡来，张伯镶着霞光刻下了愁苦的侧影。

屋檐下的山茶树在大雨肆虐中竟又长出了一枚花苞，隐隐约约点染着绯红绛色，和晚霞的颜色一样。

不知不觉，夏天就这样溜走了。

<h1 style="text-align:center">十</h1>

日头变短，天渐凉。山茶树枝杈上的花苞胀鼓鼓，叶子翠绿如初。秋风习习，牵走荷花淡雅的花瓣，褪去荷叶夏日里绿色的油光，只剩干枯的梗，还有几个貌不惊人的小莲蓬。

田野间，稻子又熟了。淡黄色的稻穗歪垂在一旁，秋风中荡着农人们的笑意。

外公操把锄头，敲松叶子底下硬邦邦的土块，虎口攥紧花生叶柄的基部，使劲儿拔起，拉出一串意想不到的嫩黄根瘤。偶尔连根拔起的沙虫，意外地暴露在阳光中，不安分地蠕动着肥腻的身子。清清一声尖叫，像一只受惊的兔子立即窜了起来。

传来外公爽朗的笑声。

且看清清，一对眸子深深缀在鹅蛋形的脸庞，眼里流出绚烂朝霞、蔚蓝晴空、垄上花开，以及一丝苍穹的深邃。脸庞虽不是大家闺秀般精耕细作的平整白皙，但是日晒雨打的黯淡更增添了一番古朴的素雅。乌黑油亮的麻花辫长垂在襟前，走动时一荡一荡，四肢修长，身段曼妙，举手投足间少不了小家女子的拘束与羞涩。熟人面前，她极尽爽朗大方；可一遇见生人就往房里跑，像一只遇到棘手问题的鸵鸟恨不得将自己的头埋在沙子里，以为这样遮住眼睛别人就看不见自己似的。若实在不得不与生人碰面，就算你再和她怎么套近乎，她总是耷着头，尖了耳朵仔细听着，可就是一声也不吭。

清清喜欢看绯红的朝霞，看着它在苍穹中慢慢晕染。日出之际焕发金灿灿的光芒，她眯上眼睛，全身沐浴于阳光当中，鼻尖尽力嗅着什么，也许是阳光的味道。斜斜的光线在她的背后拖出长线，清早的田垄旁总留下她那美丽的剪影。时不时有几声俏皮暧昧的口哨声向她飞将过去，时不时地有几封熨得平平的情书悄悄从房子靠小巷的后窗塞进来，指尖触碰之际纸上还游离着熨斗烫过的温热以及雏菊和百合花的馨香。林林总总的这些，她总是一笑而过，好好地收起，没有回应，也没有拒绝年轻爱慕者的热忱，没有人清楚她心里在想些什么。

她未曾忘记儿时的戏言，正如她的双眸依旧澄澈而坚定。

白日她守在张伯的木雕铺子，勤勤勉勉地从师学艺，单单在青沥石上磨刀子的工夫便是一两个月。晚间煤油灯下，她便握着一根细炭条，在废旧的日历纸上勾勒着她心中的日月山川、鸟兽虫鱼，以备作木雕的绘线底稿。打坯时，木雕者须将整截樟木置于两膝间，一手持刻刀，一手秉木锤，以木锤击刻刀，剔除多余的木料。时而手一软，木锤打偏，刻刀一歪，纤细嫩白的手臂即被划出六七厘米长的口子，绛红的鲜血倾泻而出。她不曾抱怨，对木雕不曾远离。

闲时她爱看剪纸老王在红纸上裁出"福""寿""囍"图案。她爱坐在少妇旁，瞧她在婚嫁新缎上绣鸳鸯戏水的图样。少妇的巧手攥着银针金丝，在大红缎上翻飞，舞成一团金色的烟。少妇说等你什么时候出嫁了，我也给你织一匹。清清笑着默而不答，起身抱起药材铺子那只小猫，揽在怀中。她用那修长纤细的手指无心地理着它的绒毛，不多时它便窜开了，只留馥郁药香缠绵在人怀中。

却说割稻过后，洗劫了谷子，每一个田格子还残留着稀稀拉拉的金色。田间剩下的一茬茬禾头，水分逐渐蒸腾离它远去，禾头的金黄色也像断了线的风筝渐行渐远，渐渐被风干成灰白的松脆空壳。秸秆随意堆成疙瘩，散在田际角落，软塌塌的。清清最喜秋日的稻田，旷野间走走，让秋风刮走了丰收后的倦怠，好清爽。田垄上的野草依旧繁茂，只不过少了夏日里的生气。田里泥土龟裂成的纹理，像是借大自然之手雕刻了一幅美妙的版画。

外公将秸秆堆成一大垛，燃一把火，这场景是如此的似曾相识。清清想起每年八月十五中秋夜，一轮圆月普照下，在韩江边搭起一座瓦窑，塞满干草的高塔熊熊燃烧，撒上一把盐，噼噼啪啪，火苗乱窜。

稻草的火熄灭后，弥留一摊炭黑的灰烬，还有零星的火苗在顽皮乱窜。趁着余热尚未散去，外公顺手把刚掘出的红薯塞到灰烬堆里。清清在旁边候着，听火苗在清唱，番薯的香气渐渐被逼仄出，脸颊被热气焙得通红。

天空格外的高，南飞的一群大雁大摇大摆招摇而过，不着一丝痕迹。

十一

天渐凉，冬在悄悄逼近。南方的冬不如北方的冬那般潇洒与酣畅，丝丝寒气无孔不入，无时无刻不潜入人的皮肤，渗入每一个毛孔。冬至里的几颗汤圆一下肚，无论老小，便忍不住盼着新年的到来。

外公在厅里摆了一张八仙桌，在旧挂历纸上挥毫泼墨；伴着收音机里正在播的潮剧咿咿呀呀哼唱上两句，又埋头于行云流水当中。外婆戴上闲置已久的老花镜，用针线衔起碎花布片，勾勒着清清的花裙。内院的茶树枝头，间或几朵花苞终于裂开了一条细缝，花蕊时隐时现，好奇地张望着北风，嗅着新年将近的味道。清清抓了一条抹布，轻拭大厅扇扇掩映的木门，斑驳的木片平妥地贴在门上，门上边镂空的金漆木雕早已褪去初生的光鲜，但时间却为它镀上了一层沧桑与沉潜。越过门框，裁剪出长方形的一角天空，对面的屋脊之上镶着的崁瓷龙凤依旧呈现出一副灵活的姿态，跃跃欲试，仿佛一阵风拂过便可以飞掣。崁瓷雕花纵染上尘垢，雨淋后又可以绚烂如初。

岁月如此静好。

忽而一日鞭炮声响起，年末已至。腊月二十七，外婆将晒干的鼠曲草熬成汤汁，沥去涩水，和入糯米粉、猪油，制成乌黑发亮的粿皮。至于馅儿，有两种。一种是把米在热锅里炸成爆米花，撒上芝麻、花生仁儿、糖腌冬瓜片，一起放到石臼里用石杵捣碎，熟称"乒乓"。另一种则是将绿豆蒸熟，碾成绿豆沙作为馅料。清清帮着外婆包鼠曲粿，将粿皮捏成碗状，包上一勺甜馅儿，包成圆锥状，接着放入桃形的粿模，最后将模子里的粿敲出，粿也便刻上了吉祥的纹理。鼠曲粿盘放在垫着芭蕉叶的竹片编成的圆形平柄上，端到大锅里去蒸，待粿熟透了之后取出，外公小心翼翼地用剪子沿着黏糊糊的鼠曲粿底部边缘剪下芭蕉叶，这样，每一个粿底下都有一个绿色的托盘。鼠曲粿刚出锅的时候最好吃，黏糯的外皮，清甜的馅儿，香气流溢的芭蕉叶，远胜饕餮大餐、玉盘珍馐。

外婆小心翼翼地将鼠曲粿装了满满一竹篮，差清清带去给巷邻亲戚。蜿蜒转过巷角，最后来到隔壁巷子的木雕铺子。见张伯正在给一幅圆雕窗饰贴金，煤油火光在旁一晃一晃。木桌上有一沓金箔纸，张伯用毛刷蘸了张金箔纸往晾着半干漆的木雕上贴去，然后不断地用毛刷将其碾平，使其平妥地贴在木雕表面。贴过金的木雕不仅金碧辉煌、富丽堂皇，还可防湿气防虫蛀。

事毕。张伯让清清沽了几钱烧酒，自斟自饮自醉。酒水一下肚，张伯忍不住快活起来。

"清清啊，我已经将木雕倾囊相授，以后就看你的了——前些日子，我正刻着的那个龙虾蟹篓断了一条腿，又被我扔掉了——人老了，不知还有多长时间可以这样折腾，恐怕这重任还得托付于你——我年轻那会儿，愿望便是能娶一个雅老婆，这会儿我最大的愿望便是能够雕刻出龙虾蟹篓。可时间不饶人啊，终究还是得落空——我给你看样东西——"

张伯往墙角走去，他揭开了那个尘封已久的大包裹。

清清一声惊叹。

里面竟是一个金漆的樟木妆台。正中央，一面镜子澄澈透亮，镜子背后是一只展翅的凤凰。明镜两边有可置放灯烛的圆台，以下皆是数不尽的大小抽屉、匣子。张伯细数着每一只情态不一的鸟，大致有一百只，取的是"百鸟朝凤"的寓意。花有牡丹、荷花、月季、杜鹃，可这妆台仅仅刻着茶花。细察之，整个图案从茶花开始抽芽、萌出花苞到盛开，再到衰败的不同情状，无所不包。清清怔怔地看得出神，张伯在旁边道：

"这妆台很早之前便做好了，等着娶妻用。到现在终究还是用不上啦。清清，等你出嫁的时候，我就将它送给你做嫁妆，也好了却平生的一桩心愿……"

羞红从清清的耳根一直延展到脖际。

114

十二

备好了粿品、年货，转眼已是大年三十。外公用新符换旧符，祛除一年中的所有晦气。外婆则整天在厨房里忙得团团转。除夕夜，团圆夜，清清两个在外的舅舅当天终于赶了回来，风尘仆仆，清清在大门口早已翘首多时了。

"大舅！二舅！"

"哟！清清啊！在这里等了我们好久了吧。"大舅两眼眯成一条线，从头到脚仔细打量着清清，说道："一年没见，清清长这么高了哈！"

"清清，看我给你带来了什么好东西。"二舅神秘兮兮的，从兜里掏出一盒东西，"这是朱古力，快拿去吃！"清清把这宝贝紧紧揣在怀里，好奇地盯着装饰得眼花缭乱的小铁盒。

"清清，你身上的大红裙是外婆帮你缝的吧。真雅！"大舅说道。

只见清清的脸涨得通红，大舅、二舅笑笑走进屋去。

年夜饭之前，按照老规矩，要祭祀故去的老祖宗，俗称"拜祖公"，供桌上摆满了贡品，大舅作为代表将老祖宗的香炉从神龛上取下，端放在供桌上焚香祷祝，请祖宗用餐，然后大家按照长幼次序依次跪拜，口中默念自己的新年期望，祈求来年平安健康。无论是片瓦屋檐的小户人家也好，还是雕梁画栋的大户人家也罢，此时都没多大的差别，跪在同一片土地上，虔诚、庄严、肃穆地祭拜祖先以及逝者，他们匍匐在先人脚下的渺小，就如同浩瀚宇宙中的一只蜉蝣，敬畏翻新了被灰尘沾染的心里的道德底线。

年夜饭桌上，外婆忙摆上卤水鹅肉、清蒸膏蟹、爆炒鲜鱿、黄金鱼丸、油炸虾丸、羔烧白菜、金瓜芋泥、番茄大蒜、手捶牛肉丸，小吃有水晶包、潮州春卷、芝麻米团、宵米、豆方、咸水粿等，锅里炖着的茶树菇和鸭壳的汤水咕噜咕噜滚得正沸。觥筹交错间，不擅喝酒的外公又一次喝醉了。

十三

外公上一次喝醉是在清清母亲出嫁的那一天。

清清母亲像清清这般年纪时，耳目清秀，高挑细瘦，追求者不少。后来，她终于遇到了心仪的觉得可以托付的那人。时机稍成熟了，男方家长托媒向女方求亲。乡下人，为人父母平时再怎么镇定沉着，碰上此种人生大事，欢喜一阵子后，也禁不住紧张地准备着，深恐什么环节上起了疙瘩，出了什么差错。提亲那天，双方父母絮絮叨叨，问长问短，问了成婚新人姓名和生辰八字，合好八字，生肖不会"相冲"，便择好了一个良辰吉日，让男方前来"送聘"。大年三十送聘那天，男方送来了些许金银首饰，许多瓜果，各式粿品，大红合欢被，数不尽的干果，用竹片编织的"花篮"，特别引人注目的是一株山茶花。它被人特地从凤凰山上移摘下来，栽种在一个光溜溜的褐色小缸里，由两个壮汉扛进来，摆在了院子中央。那株山茶花长得俊俏可爱，青绿枝干高扬着，向旁侧开出了大大小小的枝杈。有的枝头刚刚拔出新芽，旁边的那枝已挂了两三个花骨朵，最显眼的那个枝头开出了一朵粉嫩的山茶花。淡红花瓣从花心处一片一片小心翼翼地咧开，最里边的花瓣蜷曲着，泛出不规则的波浪线，越往外开来，花瓣越是平展，正中央抽出金黄的花蕊。盛开的山茶花像一只绣球，张挂在枝头。它的叶子墨绿而坚挺，外边自带一圈小锯齿，在阳光的照射下反射出绿油油的光。

成婚那天刚好是正月十九，即使是小户人家，也足足办了二十桌酒席，窗玻璃、梳妆镜上，盛满橄榄、酥糖的红盘底下，都贴着红纸剪的"囍"字。巷邻亲戚陆续涌入，从口袋摸出红包以恭贺新禧。热情洋溢的客人轮流扯着新郎吃酒，新娘子则穿着红色的旗袍待在卧房等着小孩子进来给他们发糖。

外婆清楚地记得，那天，平时不常喝酒的外公默默地在一旁自斟自饮，脸涨得通红，趁人不注意时还抹了抹眼角。外婆问他，你怎么哭啦。外公答道，没有，眼睛进沙子啦。

哪来的沙子？哪来的风？两人心知，哦，原来是新郎抢走了外公的前世情人。

最后，新郎醉了，外公醉了，那些新娘的仰慕者也在畅饮中醉倒了。

新娘趁着酒兴，在众人耳边吟唱：

"正月是新春，新娘到家门。

家门年年平安顺，喜得贵子与兰孙。

新娘生来貌清奇，夫妻偕老到百年。

来年观音送贵子，贵子读书赴科期。

新娘头戴文明花，眉清目秀美如画。

今日夫妻拜天地，明年抱个有蒂瓜。

新娘生来雅啰雅，双生二个大逗仔。

一个饲大去打铁，一个饲大去补鼎。"

婚后的第二年，新娘生下了清清，只可惜不是个男丁。

再到后来，那个可以托付的人沉入江心，之后的之后就成了泡影。

十四

内院里，山茶树上的花苞拼命地挤开花瓣，晨曦之际终于全部开放了。每一朵花就像一个殷红的小绣球，嫩黄的花蕊从花瓣间隙中钻了出来，像一绺绺金色的绒毛。太阳还没露面，昨晚的露水还依附在花儿柔嫩的花瓣上，像冰晶一般。日稍晚，万丈阳光洋洋洒洒地抛将下来，用金丝串起花瓣上凝着的小露珠，而后穿过花盆边上摆着的鲍鱼壳的一排小孔，钻进馨香的泥土，又从花盆底下调皮地溜走了。

大年初一，连绵的鞭炮声涌进人们惺忪的眼帘。

新的一年就这样浑浑噩噩地开始了。

明净的大厅，擦拭一新的八扇门相互倚靠，门上嵌着的镂空木雕，默默地在白墙上留下时光的剪影。厅堂的桌几上，摆上一盘带着青枝绿叶的柑，还有一盘青橄榄，紫砂壶的水在慢炖着，准备迎接前来拜年的客人。客人前来，往往会捎上一对柑以及各式礼物和主人交换，有互致"大吉"之意。

巷子里热闹非凡，小孩子在这一天终于可以肆意玩闹。这边鞭炮声响，吓得鸡飞狗跳，那边看年画花灯，嬉嬉笑笑。这边巷子小贩吆喝着："来哦！花生糖、风吹饼、绿豆饼、麻花、豆方、束砂、米方，样样有啊！"那边巷子咚咚咚鼓点声响起，人们扮成梁山一百〇八好汉甩着英歌舞而来。舞狮舞龙的、敲接门神的、猜谜的、敲锣鼓的、掼春的……满街流溢着质朴和快乐。春节除了探亲访友，便是以"赌"为乐。一家老小围坐一桌，由家长坐庄，其他人押注。当地有句俗话："肥水不流别人田。"输赢最终还是在本族群之内。无须紧张，只需尽情地玩乐，以期许来年家庭和睦，幸福安康。巷尾旮旯处，终年靠出卖自己身体的几个风月女子在过年时节打扮得更是花枝招展，风姿绰约。她们依旧站在门口巧笑轻谈，等着那不请自来的客人。

天色将歇，清清往张伯的木雕铺子走去，却见铺子大门紧闭。只得往回走罢，拐过巷尾，远远见一人正和一个风月女讨价还价，清清依稀辨得出似是张伯的声音。一串寒风吹来，清清打了一个寒战，只得加快脚步回宅子去。

到了大年初二，已经出嫁的女儿要协同丈夫回到娘家。清清的母亲带了小弟弟回来了，那个不被清清认可的父亲也来了。一切像风暴过后，海面平静而优雅，底下无风却依旧暗流涌动，就像伤口上新结的疤那般脆弱，只怕无意中又被揭开。

外公和外婆说话则小心翼翼，像怕触碰到什么雷池似的，脸上挂着极不自然的笑容。而清清当天却活泼得像只蝴蝶，她领着小弟弟到山茶树下，教他念童谣。

"天下奇事多又多，听我唱支滑稽歌。老鼠拖猫上竹竿，小鸡倒退踏死鹅。书生上山掠海马，道士厝顶摸田螺。"

"清清！清清！来玩呀！"

"你先跟我念：书生上山掠海马，道士厝顶摸田螺……"

夕阳快要钻进山头，三人依依不舍地跨出老宅的门槛。清清立在门口，温柔地看着那三人渐行渐远的背影，脸上的红晕竟晕染了一角天空。

接下来是正月初七，也叫做人日，须以七样菜为羹，也称七样羹。七样羹以芹菜、葱、蒜、春菜、大菜（芥菜）、芫荽、百合七种素菜一起煮为羹。芹菜，勤也，勤劳；葱，聪也，聪明；蒜，算也，会划算；芫，缘也，有缘分；春菜、大菜，新春发大财；百合，百事合想。当天，菜市小贩会将七样羹配好出售，要是哪一户人家手头上还差几样菜，可以到邻里的地里去采摘凑足七样，没人会把他当作是贼。之后元宵佳节便不期而至了。正月半元宵节一到，便将春节推向了高潮。元宵夜，皎月高升，夜幕下，巷子里万家灯火，古朴的建筑物金碧辉煌。村子里的祠堂一片闹腾。各家所属的宗祠里从正月十一开始陆陆续续地起灯，起灯也叫"起丁"，是新生男孩的入族仪式，有新生男孩的人家每晚都到宗祠里去点灯，一直到正月十八才结束，每一盏灯就意味着一个男丁，而新生的女孩子就不能享受此殊荣。宗祠的外边，照例会有一个大灯棚，赏灯的人络绎不绝。元宵花灯主要有屏灯和挂灯两种，还有鲤鱼灯、走马灯、山水书画灯、梅花灯、莲花灯等。那边，"咚咚咚"厚重的锣声传来，看来又有人猜中灯谜，鼓点声、嬉闹声此起彼伏。这边，布马舞、鲤鱼舞、英歌舞闹得正欢。清清、外公、外婆也夹在人潮当中。

此时内院里，黑夜弥漫着，但是祥和而平静。山茶树上的花瓣被皎洁的月光镀上了一层银漆。它沐在清幽当中，默默游离于喧嚣之外。

又有谁知道今宵的狂欢之后会发生什么呢？不管怎么样，明天再说吧。

十五

春风吹得人软绵绵的，仿佛是摊在地上的一滩水在暖阳中慢慢蒸腾。还好风中还夹带着冬日的寒气，使人们不至于会蒸发成水汽融入空气当中。恰是人间四月时，回南天之际，天上地上都湿漉漉的沉砀一片。雾气格外浓重，迷蒙在人们的眼前，好似天上仙境。乡间小路上、蜿蜒曲折的深巷中，人们头上或戴着斗笠，或是披着油伞，踽踽前行，原来仙人也可以是这般模样。院子里的山茶树又钻出了好几朵花苞，已经盛开的山茶花花瓣仍浓艳，最外边的几叶花瓣竟被雾气压得不堪重负，边缘处已经萎缩呈暗紫色，在明丽背后暗自垂羞。

欧阳修有诗："南园春半踏青时，风和闻马嘶。青梅如豆柳如眉，日长蝴蝶飞。花露重，草烟低，人家帘幕垂。秋千慵困解罗衣，画堂双燕归。"清明时节，总有一种难以言说的凄离之美。雨丝如垂帘，草萌蝶飞，梅树枝头挂着的青梅如豆子一般，柳叶如女子的细眉。这时节最好的存在方式就是路上零星踏青的人儿慵懒般重回到日月山川里去，释放每一颗不由自主躁动的灵魂。"沐乎沂，风乎舞雩，咏而归"，快哉！

清明时节在寂静中袭来。

"清明时节雨纷纷"，雨落在江面上，腾起一片雾气，肆无忌惮地弥漫开来。晨曦幽寂无声。江水左岸的广济门城楼在阴郁中愈发散发着无法抗拒的威严和沧桑，流水淙淙，日夜不曾停歇，时光匆匆，不曾驻足。木棉花开得正好，树梢点点湿红，树底下飘落的花苞静静地躺在惺忪的土层中，依旧散发着馨香，好一派香湿淋漓。江面的采沙船淹没在雾气、水汽、香气里，船身已经无法被瞧见，只有船上高高的桅杆在迷蒙中慢慢游离。

巍巍的广济门城楼，正俯望横跨江面的二十四个历代不断修建的桥墩，江水乖巧地睡在桥墩脚边，各个桥墩上都筑着楼台，檐牙高啄，鳞瓦参差，各个桥墩连成一条线，各座楼台上的牌匾分别题写着：广济、凌霄、奇观、登瀛、得月、朝仙、乘驷、飞跃、涉川、摘星、冰壶、云衢、凌波、小蓬莱、飞虹、升仙、仰韩、观滟、澄鉴、凤麟洲、右通、左达、浥翠、济川。

暮春三四月，韩江水涨，江面一夜间突然拓宽。这座跨越沧海桑田的风雨桥卧在水面上。二十四个桥墩一字排开，东西段各十二个。东西段中间的桥台由十八艘梭船用锁链连成一线。小船伴着水波的起伏微微颤动着，似乎那是江水的呼吸。清代乾隆年间的郑兰枝有诗《湘桥春涨》云："湘桥春晓水迢迢，十八梭船锁画桥。激石雪飞梁上鹭，惊涛声彻海门潮。鸦洲涨起翻桃浪，鳄渚烟深濯柳条。一带长虹三月好，浮槎几拟到层霄。"凭栏而望，夜色下的广济桥和几百年前的广济桥并没什么两样。置身于迷蒙之中凝思，身边恍恍惚惚有人来人往的幻影，广济桥的二十四座楼台燃起了大红灯笼，红光晕染着缠绵的雾气，漆黑的水里也有红光闪动，俨然是水底人家。楼台上卖春饼的、卖红桃粿的、卖鱼的、卖瓷器的、卖书画古董的商贩大肆叫卖，男女老少熙熙攘攘。江堤边上垂柳抽出的长长的柳条缀着细长的柳叶，时而服服帖帖地躺在水边，时而撩拨着叶下一双人影的窃窃私语。江堤两岸泊着的小舟上，笙箫乐舞升腾，沿着江堤小路上夜行的人见此也不愿久留，加快步伐，像流星般一闪飘过。

这天清晨，清清和外公到江对岸的一座小山上去"挂纸"。"挂纸"，即是扫墓。

浓浓的雾气中一长一短两个人影走在广济桥的曲径幽栏中，清清走在前头，她的身后落了一串轻吟：

"潮州风景好风流，十八梭船廿四洲。廿四楼台廿四样，二只牲牛一只溜。"

外公背着一个箱子，肩上扛着一把锄头，在后面拖着步伐缓步走着。

过桥了，两个人影一前一后溜上了一座小山。雨不落了，上山的泥土小径半边被雨水淋湿，人一掠过，即刻下深深浅浅的印痕。两人在一座小墓冢前停住。

"到了，"外公面无表情地说道，或许是寒气未泯的缘故，他的声音显得十分苦闷，仿佛喉咙间有无数的沙子在摩挲。

他卸下背上的重负，倚在一块大岩石上喘着气。这座小墓冢下静静地躺着清清父亲的魂灵，本来扫墓这件事应该由夫家的亲人来办，可是外公总是主动应承下来。就这样一年又一年，固定的一天总有固定的事。

墓冢周遭爬满了斑茅和野草，高高的枝头拔出棉絮般飘逸的须毛。墓碑前一处，竟然生出一丛郁郁的百合花。外公扛起锄头小心翼翼地刮走肆意的斑茅，接着用树枝理了理石碑前的杂乱琐碎。

外公扒开一罐绿色的油漆，又从箱子里掏出一支画笔。

清清放下怀里揣着的几个毛茸茸的青涩的野山桃，手握着画笔，沿墓碑上凹刻的字痕涂画。外公默默地捏着一沓黄白纸条，一撮一撮地压在土块下面，种下所有的积郁与哀思。紧接着，在石碑前以及不远处看管墓地的土地神的石碑前各燃起一对红烛，将三牲、果品、饼食、酒等祭品摊开，再恭敬地行三跪三叩头之礼，祭奠完毕，烧起纸钱，最后将酒水往地上一洒，向逝者敬酒。

礼毕之后，浓雾渐稀，太阳的金光好似在竭力地排开所有的阴翳。下山的人儿也轻松了许多。

十六

时间是一把永远不会挫钝的刻刀，总会使一切人都留下永恒的印记，是好是坏都在每个人澄澄的心底不住地晃呀晃。

又是一年清明雨落，后山竹林里的春笋猛地拔地而起。和竹笋沐浴在同一片春光雨露之下的清清，每落一阵雨，就长高了一大截，圆润了许多，身段不禁变得婀娜有致。每隔一夜醒来即恍若变成了另外一个熟悉的陌生人，清清十五岁了。外公外婆看在眼里，也忍不住唏嘘几句。

清清身段愈是舒展，外公外婆的腰板却愈是佝偻。外婆的肚腩裹在矮小的体格上，像是挂上了铅块；肌肉松耷耷的，身子游移，便忍不住晃荡。外公还是那么的精瘦，可是背却佝偻得甚是厉害，像是台风横扫过后路边那某一棵倒竖且乌黑的木棉树。巷子里的张伯一气之下又把龙虾蟹篓摔得面目全非，第十次了。一时愁苦气愤通通淤积在胸口，竟卧病不起。

雨过后，阴郁的天幕扯开了一角，湛蓝湛蓝的生机在一点点地流溢进来。周遭明朗了许多。檐底下一只惺忪的蜘蛛，攀着黏稠的丝线还在编织着尚是一片混沌不成形的梦，沿着梦的边缘，不停地缠绕。雨后，蜘蛛在梁上或是墙角结网，清清的心思也随着缠绕的丝线一圈又一圈地编织，不厌其烦地不断重复着。网愈来愈缜密了，连网上那一点点的湛蓝也被无情地挤掉了。

清清眉间的清朗也被挤掉了，最近变得多愁善感起来了。一嗔一笑，举手投足间，像极了一只初触世事的小猫。一滴水珠滚落叶盘，叶底三两黄鹂碎碎的歌唱声，甚至最熟悉的人的目光，都引起她心中的一阵惊悸。就像往大海中抛下一颗小石子，非但不会漂浮起来，反而无意间入水的涟漪在苍茫海底竟荡起轩然大波。

一场春雨一场暖，雨后的阳光总是暖洋洋的，甚是慵懒。每每雨落，山茶树枝杈间的山茶花便被刷下了好大一串，尚留在枝头的残英，殷红的花瓣仿佛是被春日的暖阳和雨水融化汲尽精华一般，软绵绵地搭在枝头，花上凝着重重的水珠，泫然欲泪，嫩黄的花蕊被裹在耷拉着的花瓣中，软绵绵的春风吹不走湿漉漉的花苞，但从开花的那一刻起，便注定了必然拥有凋谢零落的那一份悲痛，那么人也和花一样吗？这个问题近来一直在困扰着她，或是在夜深人静之时，或是在清早起床之后，惺忪之间总要出一身冷汗。

外公在厨房里将切好呈长方体的猪皮块放到锅里煎，在高温的作用下，雪白的猪皮被一点点榨干，油脂慢慢地渗出来，而猪皮逐渐变得金黄干瘪，酥脆的薄片向两边微微翘起，铁锅底下的火仍旧有增无减。听！油在锅里滋滋欢唱！时候差不多了，黄澄澄的油水像汽水般咕噜噜冒出气泡，被榨干的猪肉皮不安地浮在油水上，滚烫的气泡钻出沸腾的油水，在冰凉的空气表面立即绽开，然后又滚回到油锅里去。

外公忽而眼前一花，不慎失手将正端在手上的油锅打翻了。哗的一声，滚沸的油水往外公的脚上浇去，油锅碰地后发出一声巨响。脚背上枯黄的外表皮在油水触碰之际就被无情地剥掉了，现出血红的皮下组织，油还在皮肤上滚沸。在内院里玩弄着凋谢的山茶花的清清惊起一声尖叫，外公仍一声不吭，即使疼痛钻入骨髓，脸苍白得很，嘴唇哆嗦着，仍怔怔地立在那里。外婆赶过来了，扶着外公到一边坐下，他始终没说一句话，这是哪来的坚毅？除了他自己，没人会知道。

接下来的几个月里，外公只能待在屋子里的藤椅上。白天的时候他就在客厅里听听潮剧，挥毫泼墨，晚上就缠着外婆讲讲田里和菜地里的情状。盛夏夜月色如水，月儿爬上了一角的飞檐，清清趴在客厅的木桌上绘图稿，三叶扇在头顶漫无目的地扑打着，几只飞蛾执着地撞向黯淡的灯管，发出清脆的声响。盛夏夜总是闷热得让人昏昏欲睡，只有西瓜、冰棍、沙冰能够一逞暂时的温凉，清醒人的头脑。

这天外公讲起了"梅林湖"的故事：梅林湖所在之地原本住着梅、林、胡三个姓氏的居民，后来有一天土地突然下陷，海水倒灌，所有的人家都葬身海底，成为水底的幽魂。据说梅林湖湖底深不可测，不见天日的水底藏着巨大的食人鱼……说着，外公幽幽地望向天际，目光似乎随着清净的月光在天地间缥缈地游荡着。清清也愣愣地顺着外公的目光，思绪飘到辽远的梅林湖边，自己仿佛就是湖底的一尾美人鱼，在寂静的夜幕下坐在一朵蘑菇状的海蚀石上，向月光诉说着海底世界的故事……清清沉浸在瑰丽的幻想当中，从天地间潜到很深很深的水底，看着月光在头顶上慢慢晃着晃着就不见了。

"清清！清清！在想什么呢？"

"没什么。"

清清怔怔的，思绪依旧飘到美人鱼坐着的淋满银色月光的海蚀石边，她会遇见谁呢？又会发生什么呢？思绪飘得很远，但是却被严严实实地藏在心里最幽僻处。

其实，她不准备遇见谁。

她只愿在心里遇见一个幻象。

十七

对于孩子来说，十五岁以前一直是生活在"花园里"，可以无忧无虑地杂耍，无论发生什么，都有父母亲人的庇护；可是一旦过了十五岁这个槛，就意味着已经成人，必须走出"花园"的庇护，走向更广阔却又令人不安的社会，不能整日在"花园"里玩闹了。所以，家里的孩子每到十五岁之时，长辈就必须为男孩和女孩举行"出花园"仪式，也相当于古时男子的加冠礼和女子的及笄礼。

农历七月初七，清清也不得不走出"花园"去面对这个世界了。一早，外婆和母亲用十二种鲜花泡出的水兑上热水给清清沐浴，然后换上大舅给的全身大红的新衣，穿上二舅送的红木屐。清清踩着红木屐，在内院里走来走去，碎碎的阳光洒在地上，木屐轻敲石板，落下一串霍霍声，那是流溢的岁月在轻吟。

外公的脚伤终于好了，但是走起来还是一瘸一拐的，山茶树上的茶花已经被风刮走了，留下满枝的青翠。外婆张罗着各种果品祭拜公婆神，清清作为"出花园"者必须整天躲在屋子里，不能出去抛头露面，还要特地吃鸭肉。清清闲着，穿着红木屐绕着山茶树转呀转，像在马背上表演马戏的女孩一样转出时光之环，沉醉在永恒但是稍纵即逝的温情当中。

　　脚上的木屐像两只褐色的枯叶蝶，在一丛青郁边上下翻飞，只听"霍霍，霍霍……"。外婆在门槛上迎着午后两三点的斜斜的阳光，躲在一隅默默地缝补着碎花衣裳，两眼眯成两道缝，捏着一根银针的蜷曲的双手，岁月在上面爬满了痕迹，青灰色的布面上落下的一朵鲜红山茶花开得正好。外公依旧在厅堂里守着他那小小的收音机，收音机还是唱着好久以前的同一出戏。他挥舞着手中积满墨垢的毛笔，在旧挂历纸上书写岁月的烦扰与温情，兴起之时，手中的毛笔禁不住微微地颤抖，身子随之移动，步履还是蹒跚，背佝偻似一座小山。灰尘舞在斜阳当中，变成了清晰可见的金粒，在空气中飘忽着、弥漫着。岁月依旧是那么静好。

　　夏走秋来，每个季节都是时光的过客。又是一个黄叶飘零的日子，风起了，张伯终究还是乘风远去，唯有一丝温热还苟延残喘在煤油灯下那个未完成的龙虾蟹篓上。清清哭红了双眼，一腔愁绪的她在风中凌乱。

　　木雕铺子走了张伯，清清却愿为他追寻那份坚守。

　　她不停地刻呀刻，唯恐失去什么。

　　三年后，清清完成了那份执着的追寻。一个玲珑剔透的龙虾蟹篓就静静地伫立在张伯的墓冢前，聆听着岁月的沧桑变幻。

十八

　　且说这三年间的一天，清清的小弟弟兀自跑到垄头上去玩，回来后便开始胡言乱语，从此陷入无边的癫狂。清清母亲霎时像被榨干一般，竟深夜离家，淹没在茫茫夜色之中，再也没回来了。小弟弟跑出去的那天是农历六月初六，恰是"死鬼"出没的时节。人们都说他应该是碰见神鬼而被摄了魂。清夜幽幽，门槛边，一人影在默默点烟。脚边，烟头又散了一地。

俗话说：女子不嫁就是过时的花。

清清心中已被填满，再也容不下一个值得托付的人。

是无奈？还是恐惧？

历经大半辈子，终了是孑然一身。她太执着了，一直不愿放下那份执念。

煤油灯下，她拿起已经泛黄的信纸，雏菊和百合花的馨香依稀可辨。她读了一遍又一遍，曾经的仰慕者亲昵的话语，仍旧能使她双颊绯红。

忽而她胸口一热，又想起清早遇到的那个疯子，轻轻地叹了口气。

幽蓝的苍穹，月已高升，挂在屋角的飞檐上，幽幽地晕染着皎洁的银光。宅子厅堂上那一抹亮色，似乎也点亮了内院里的山茶花。月光迎向厅内的一边，金灿灿的，背对着厅堂的另一边则染着黑夜的颜色。屋内喃喃细语，像小河般潺潺流出，悬在半空中，与静夜共存。

山茶花又开了。

今晚又是一个好梦。

一把冰冷的斧

李芊慧①

世上不会有比人更臭的东西了。

男人瘫死在木板上。那些年月在热带闷胀里被烈日挤压，白色布条编织成白汗衣，紧贴于男人鲜血攀附的肚皮。一生的喜怒哀乐终于从他枯毛丛生的腋底，从他日夜咬磨的指头之尖扒开血肉飞入太阳，他终于再写不出任何字句。

清雪在房间之外的檐底，白皙的手放入窗棂。老堂告诉她："老师会死，老师求之不得的字句，将会逼我无法面对这世界散发的诗意。"

"怦！"院子口的笨锈斧头被踢动，清雪全身僵直，弯眉忽挑动，霎时风起，红衣血色飘落如佳人胭脸。

老师说："要在文学之中跋涉，直到命尽于文学使世界之平衡得望的一天，我知道此路难走，或是不通，可正是因为如此，它才能填满我心的浪漫。"

可是，前半生光辉的文坛奇才就在巅峰之后失去笔画。老堂此时肉体终于干枯，同魂魄一同埋下。

院口人在走近，"啪嗒，啪嗒……"但是清雪右边暗巷人先蹿出，惊雷一声："死女娃，离这败老头远远的去！跟谁闹了架还被砍死在家里了，亏得我尽责，还来帮他打扫最后一次哩！"

玛姑遇见老堂之时旗袍摇角，皮细发长。后来嫁人生女死夫，

---

① 广州大学新闻与传播学院 2015 级 3 班，网络与新媒体专业。

遂入老堂家做照顾起居工作。穷苦仍不吝为女儿东奔西走，口中常挂各处好学校的地图导航，回家大多横衣叉腰露凶光，唠叨女儿仨瓜俩枣，小贩堆中一块五毛，这些年下来她已经不是那个泼皮娇俏尤物，除了嘴皮上下丰润如旧，摆布如新。

清雪被玛姑提到了一边，终于看见那走近女子。未见其人，先闻其香，可清雪也识得她的脚步声。

老堂说："雅子最美，她小小人儿的时候，便涂抹最浓郁的脂香，那时在学校里一切草木石泥都是同样香气，而她的脂香日复一日翻绞在我身体里，揉肠敲骨，催我下笔。雅子行路，是山林飞鸟拨叶子，亭荷雨珠缓击声。清雪，若你有日见到她，可知世上美应至此。"

雅子走进来之前在和新婚丈夫吵架，进门补妆，一笔唇画宛如烈焰，有如戏子装扮，甚是刺眼。

"怎么呢？这是谁啊？我没印象，死了人找我过来沾晦气干什么？"清雪瞪着眼对着来人说道。

如果世间美应至此，老师追寻的不是幻象又能是臆想么？

雅子进屋，玛姑正在眠茶，见来人立即将满面横肉挤成两座山峰，说："我看看能不能喝，别浪费。"随即把茶杯一摔，张开粗臂将扫把一揽，苦涩的茶渍扭曲入了铲子："真是的！就知道喝苦茶，最后一杯也浪费了。"

老堂喝着苦茶，在雅子离去的年月里，只字不落。老堂说："雅子已去，我不会爱人，我知自己再也写不出好的文章，我知自己必死无疑，我知自己生命中所有美好的高潮尽散退去，我回天乏术，再无法接受空气中一花一草的诗意的指令。"清雪仰着头，火光中，新月澄明，余光看向火中的红斧头，突然将脸埋入身体，发出冗长而幽怨的哀鸣。

如果食字为生的人失去诗意，如果深爱的一切会沉寂至灰泥，那这一切，都不吝作一缕杀机。

老堂当年只看了雅子一眼，再也没敢正脸对着她去。老堂画不出她的样子，却写尽她周遭一切香气，从中氤氲出一片轮廓，那便是一生的印记。

雅子今日，仍没有换掉浓郁的脂香，她终于用正脸对上了老堂残破的眉眼。清雪通知雅子到场，并非老堂的遗愿，而是出于私自的窥欲。清雪盯着雅子，直到从屋中传来了玛姑骂骂咧咧的声音，雅子才借机离开。

一个老头子，终于得以死去，终于在死后见到爱慕的眉头，终于不用再写出一字一句来。

玛姑双唇扁紧，最终还是叹了一口长长的气："他本是个有前途青年，卖字都卖得家财满堂，若好好工作早富贵荣华了，何必今日血湿汗衣。"走出门踏下第一级阶梯再补上一吼："快出来了死丫头！"

一双白皙的小手，来回轻抚着红如夜火的衣襟，最终留下一柄漠不关心的冰冷斧头立在院口冻结，最终浓郁的脂香仍牢牢附着的房间中，还是传出幽怨的哀鸣。

故人岁月不可拾，清雪，来日明媚却可追。

清雪，心碎之际，纸笔震颤，杀戮之中，诗意遍野。

奔腾我热血，流动你字句，诺之，谨记。

青春的印记

高科英[①]

据说，人到将死之际，会把平生所历之事都回想一遍，像播放电影一样。我没有经历过这样的时刻，我更愿意的是，到将死之时，生命像轻轻铺开一匹绢，上面画满了我的脚印和痕迹。

"青春太美好，无论怎样过，都成了虚度。"有人这样描述青春。而我此前的青春，似乎仍未达到"太美好"的境界。用上面的话讲，它在我一生的绢布中，不是浓墨重彩，也谈不上任何美感，它简直是素白绢上的一个破洞。

平生的第一个好友，是中学时候的室友，我们两个人在同一个班。因为年纪小，刚从家庭"解放"出来，搬到学校附近的出租房住。两人在上学的第一天，一拍即合，兴致勃勃地把行李搬进出租房，开始令人兴奋的中学生活。

那时候我们还没有手机，两个女孩子在课后的空余时间，会去出租房旁边的村子闲逛。村子里面有一片小杨桃林，在秋季开学的时候时常有同校的同学去摘杨桃。从男生手中接过的杨桃，她往往不吃，而是放到嘴前吹吹，伸手递给我。

美好的时光总是匆匆，一起摘杨桃、一起玩手工的日子被时间刷走了。她走了。

第一个学期结束之前，我们还约定下学期一起再租这间房。但是春节过后，她没有再出现。

---

① 广州大学人文学院 2015 级 3 班，汉语言文学专业。

在那个春雨蒙蒙的日子，天还很冷，手缩在口袋里不肯出来。课堂太无聊，窗外的树还没有抽芽。"咚咚"两声，所有人的眼睛瞬时被敲门声所吸引，纷纷朝门口望去。这是一位妇人，五十岁左右，穿得有些臃肿，零乱的额发上套了一个灰色布帽。她左手抓着还在滴水的旧雨伞，右手轻轻靠在门上，还维持着刚才敲门的动作。

"这位老师您好！我女儿回来没有呀？她叫小雅，张小雅。"妇人说完，把右手收回来，双手抓着雨伞，局促地站门口，眼睛一会看向雨伞，一会看向老师，一会扫到班后面的角落。小雅，就是我室友，她坐第一组倒数第二桌。

老师放下粉笔，走出去跟小雅妈妈说了两句，就回来了。小雅妈妈在门口又站了一会，也离开了。

到最后，我都没有见过她，我被父母送进了学校宿舍，继续我的中学生活。

这三年，班里的人都说，小雅是因为跟别人谈恋爱，怀上了孩子，所以没脸面回来学校。

那时候，我在期待她回来，也希望她不要回来。如果她回来，我就可以问她，是不是别人说的那样，因为逃避道德抨击所以不敢回来？是不是真的放弃了当初一起立下的考大学的誓言，转而沉溺于平庸的生活？我心中仍有希冀，可能她只是转学了或者去旅游了？只要没出现，就有这种可能。虽然这种希冀连自己都不信。

中学的第一段友情，以好友的消失告终。因为把这份感情看得太重要，到结束时，我内心依然接受不了这种结果。

在她消失的一个学期后，我平时装出来的"事不关己"终于被打破。那个夜里，边流泪边写信，是给小雅的信。那个夜晚，七张信纸，两卷卷纸，一双通红的眼睛，一盏凉凉的台灯。

这件事，成了我的心结。没有恰当的排解，没有得到相应的引导，它让我的性格在初中时发生了很大变化。此后，我交友谨慎而不自信，与人交往不安且猜疑。这个心结的存在，花费了我大量的精力去疏解。

青春跟"年轻"挂钩。越是年轻，就越容易放任情感。"孩子，不要给自己加戏。""孩子，成熟点吧。"

但是，也有人说，年轻不轰轰烈烈，到头来会后悔的。

对于青春，我已经无法完整说出我的态度了。这份印记，或许是刻得太深了。

斩龙者

林馨雨[①]

　　父亲是村主任，是村子里出了名的怪人，可总归不是死人；然而村里人或许是希望父亲死去的，我也常听旁人在背地里说父亲的怪，倘说怪，也确怪——没人会说自己是死过几回的，更不会说自己斩过了几回龙——即使有这等神武盖世之人，也应是不在世的，因而只死人可以这样说；死人不仅可这样说，更可这样做，因他本是死的——这么说倒委屈父亲了。父亲全无说过"死生不灭""斩龙无数"的连篇鬼话，只是人们出于对他的畏惧，才或多或少在闲言碎语里捏造出几分真实的夸张，如此一来，父亲"死人"的名号儿算是坐实了，尽管他不曾知情。

　　父亲只说自己是死过不止一回的人，而且也确是差点儿斩了龙。我所以知道这内情，也是父亲本人的缘故。他常说那故事，不管是伤春悲秋，他仍是要说，且非但要说，更要说上好些时日。他总铁了心似地，只管说——也不曾想过要管住自己的嘴，更不理会旁人是否情愿听；他只以他那极平淡无奇的说话，从一切附着了活人思绪的事物身上急急踏过：那事物准是你的人和你的心，不然你也不会觉得自己仿似被什么诡物定住了元神那般，竟杵在原地不发一言地听他把那漫长而惊奇的故事讲完——他只用他的静自圆其说，你便只好仰赖他予你的静来展现你的被踏平和被打败。我亦是逃不过这蛮力无垠的静——扎在自己身上的命，角逐着不断沮丧且不断被

---

　　① 广州大学人文学院 2016 级 6 班，汉语言文学专业。

踏平、被打败的自己，浩浩荡荡，前赴后继；我无时无刻不被这败果攫住，却也只得叹息一声，终是毫无可说。

父亲终年躺在四季不变的太师椅上，他的视线也如他那日渐显出衰老的气息那般，或短促，或绵长，钻过半透的树荫，笔直地飞向太阳。我也曾跟他一道儿坐树下，枕着天地浅憩。那会儿的树仍是夏至的树，叶重枝茂，青意芸芸，仰面便是两三点不正不圆的光，誊出好些不规则的圈儿，煞是入眼。也不消花什么勇士之力，寻常人便可捕捉到几丝蝉的浊鸣，我在这蝉嘶中，和着父亲深深浅浅的视线和气息，入了梦。秋天的坎儿刚过去，那些小圈儿便会随着散漫的叶儿依稀铺开，摇摇欲坠，所幸光织着光，金袈裟上连打着影儿的补丁也能全给显得明明白白、干干净净。当大地陷入纯白的、绝对的无声和寂然时，父亲就会和那树上的光一样，消失了所有该有的、不该有的存在，只就着那银河岸上的千盏星斗和万抔阳雪，昏昏欲睡。他的睡意为远去的四时添了点久违的冬味儿，我也跟着困乏、昏昏和做梦，梦里全是父亲嘴里那又长又惊的故事，恁平整光洁，且极古怪地一目了然——然而一觉醒来却只剩分外惊厥了：原来这梦，或说这故事，早被夜攮得皱巴，甚至面目全非，犹如碎尸时的惊乱和小心翼翼。漫漫长冬覆盖了广阔的冻地和袒露的荒石，也覆盖了我的梦——就连父亲——他那几乎死寂的说话，也无不被这凛冬一并幽禁了去。

待父亲的说话再一次踏着我驰至那树下时，我的梦才终于在无数雷声轰隆的惊蛰时分中，被彻底地、完全地踏成了平地——然而，那时已是开春了。

父亲或许的确是个死人了，为了斩龙而死的死人。我总以为他是不会死的——他的死过早地确凿了，死亡对他来说反而已是不可琢磨的定局；我甚至难以想象他的死期——那倒仿佛生的祭礼了。

我未曾央求父亲把那故事讲与我，他本就是要讲的，好像自死后他便只为了那故事的口述或无尽的复述而存活，又或者，他是为了那死在他或死在死人身上的故事的存活而奔赴了他自身的死亡——用父亲的话说，他的死而复生，成全了这生而赴死的结局。父亲的话怪异至此，也无怪乎村里人没能听懂父亲的故事；然而，尽管如此——总之，父亲要说的，父亲要讲的，是斩龙者和死人的故事。

可你若要说这是斩龙者们，或是死人们的故事——也绝不会有半点错处：死人们本是活不成的，斩龙者们也不见得能活泼起来，正如我那在平常人口里或故事里死了也许两三回的父亲——你不可否认这至少是个没有活人的故事。我也不可。

更无须说，这确确乎乎是斩龙者们的故事，也确确乎乎是死人们的故事——

斩龙者原先不是本地人。

据他本人所说——然而，他也不常说，只是偶尔在镇民们近乎盘问乃至逼问的目光下，才如他们所愿般地从喉咙深处挖出几许只言片语——说是，以龙镇东边的平地为始点，穷极尽头即可开出一壑紧窄的路，这壑似的路载着许多人的脚印，也因为那踩踏而兴奋，只管扭曲自己的躯干；在劈开三个森林、烙平二十件山丘，并且撞碎一纵湍急得犹如静止那般的大河后，终于抵达那极小的一方尘寰。既无村落，也无田野，更全无斩龙者一般的斩龙者。盘踞在那蛮荒之上，且与千年、百年默默负隅顽抗的，唯一一座死的城。

没人知道斩龙者本来的所属地。因为龙镇没有东边，自然也就分辨不出西边、南边和北边了。可如若按龙镇上老一辈人的说法，在这个逼仄、狭隘的小镇上，原是坚决可以断定东边的——你只须知，太阳升起的地方是东边——这是无可变的——以此为凭据，几乎便可无差错地确认剩余的方向了。

只是，时间对于龙镇来说，似乎太浅短、太单薄了。时间上若有不满足，必然地便会向与之对立的空间有所倾斜，也因此，龙镇的粮食和土地都仿佛被时间勒紧了，总松不得半口气。龙镇的人嫌自己一辈子活得有痛无快，奈何上天冥顽，权当活人们活生生、血淋淋的祭祀为贱畜牲礼，故而千百年来纵使人们频频举头五尺，也未曾对上神明一瞬。

时日无多。于是第二个太阳出现了——

这恰是故事的开端。

也正是第一个死人的故事。

死人是第一个死人。

至少在斩龙者眼里，死人是他遇见的第一个死人。

斩龙者和死人，站在了无活人的龙镇里，面面相觑了几番，一时无话。

死人虽是死人，却不比活人，气没沉住，当头便是一喝：

你来此地作甚？

斩龙者答，寻非死之物。

不巧了。此处没有活物。

你岂非活物？

死人岂是活物？——

凉日烧心，云翳尽褪，死人的脸竟也烧得通红，反像活的存在了。

你不曾知，龙镇里的死人都是死人。

死人——那自然是死的，不然也活不成。

你莫要在这昭昭红日下说胡话。这龙镇里——除了死人，还有别的人吗？自是没有的。我须——也只须——以我的死做证。

你的死能为你做得了什么证？

我的死能为我做死人们的证。

死人们是死的，何时还须以你的死做证？即便以你的活（可你又实在活不了），也未必能做证。那死的是死人，那不是活人们——况且以你的死。

死人岂会不理解死人们？正如你怎了解我。

我们是不一样的。我来到龙镇，即便龙镇里的人都是死人，那我也仍不是死人。你这死人——你们死人——怎好生无赖？

龙镇里除了死人，再无旁的人了——哪管你是活人死人的？你既踏入了龙镇，便意味着：自此，你的死，可算实现了。

何者实现了我的死？何者又能使我的死实现？

那自然——

"是龙镇实现了你的死，又是龙镇使你的死实现。"死人尖着嗓门，细细地笑，且不论上下笑了几回，单那刀削似的眼神，便足以使活人，诸如斩龙者——活生生地不快了。

活人一切的不快倒令死人欢快了。死人雀跃地说道：

"你必定不知道的是——龙镇没有龙，有的只会，也只能是斩龙者。斩龙者们从龙镇和龙镇以外的四海五湖、八荒九州启程，孤零零地赶赴这龙镇；说起这龙镇，也实在是个下作玩意儿，好好的死人不害，尽害活的人。哪怕你什么都不明了，也都或许知道：每一个斩龙者都是要前往这龙镇寻龙的。你可说，这龙是诱惑——至少比生诱惑，至多比死诱惑。我死了这许多的年岁里头，也从未见过能有什么人抵挡得住这诱惑——活人也是，死人也是；活人抵挡不住死的诱惑，死人抵挡不住生的诱惑。你呢？你也是——正因你是斩龙者，这龙镇才好容易实现你的死。"

"龙镇，本是死的。何以实现我的死？"

"你这可倒无理了——龙镇，本是活的，死的人多了，才把这"活"给活生生地变作死的了。你也本是活的，直至奔赴这死的龙镇，才算是彻底、完全地死了。"

"你们——死人的道理——怎这般无理？"

"同死人讲理，才实乃生人的无理。你是死人，怎好说听不懂我们的，或说死人们的道理呢？"

斩龙者想：这死人可算是彻底、完全的无赖了。

"我本不是死人，自然也就无以得知自身的死了。我的死是从你这儿得来的，又或说，是你把我的死告诉了死的我。死人如若希求我与他共情着这样同等的死亡，那也是无错的——然而又叫我怎知你是哪种死人?"

"我们——早就同等了。生而为死人,是同等;生而为人,仍是同等。我们——我和你,生而为人,后而为死人——从死人和活人的道理上说,这等'同等'也无非是生而为人和生而为死人的同等。"

"这倘非是天注定的,我决计不会相信你那等'同等'。"

"你怎好说'天'呢哩!"死人惊叫起来。这'天'在死人口中仿似走了样,也变作死的了。可天上分明是活生生的活:但见白色天幕上,两轮赤乌悬空高挂,金光交叠,恰是龙争虎斗时,又与云影作伴,好不相得益彰;远眺那昼,被这刺目的日光直晾得干爽、枯瘪、泛黄,乃至呈现出长久的生命力,至死还生;白露已结,东南西北斗指向立秋、处暑之外的癸,却仍尚无丝毫的垂暮之气,活人抑或死人客居青天白日中,一时也不知是子丑寅卯时,还是未午巳辰时。

斩龙者只觉出他是以活人的活冒犯了死人们死的忌讳,然而到底是什么忌讳,斩龙者自觉本非死人,亦不曾死过一二,当是不懂这等无端是非的。

天是不注定你们死人的事的,它哪管你们,或说我们——天只管操心他们活人的事。你的死,我的死,龙镇的死——都是别的人赐予的!

别的人是谁?——谁人有如此神力赐予了我的死、你的死、龙镇的死?

神。

别的人——那个人,怎能是神呢?

我唤那别的人作神。

神可知你唤别的人作神?

那有甚关系呢!神既不是你,也不是我,神本就是别的人——

神不会是死人,所以你不是神;神不会是活人,所以我不是神。然而——你须知道,神甚至不能算作人——你怎好唤别的人作神呢?

你既不是神，我也既不是神，那神是谁有什么关系呢？你既不知神是谁，我也既不知神是谁，那神是别的人又跟我和你有什么关系呢——神啊，是"谁"都好，是"谁"都可以，何况这神本就人尽可夫嘞：谁都可以被神挽救，谁都可以被神摧毁——哎呀，罢了，这"谁"里头又能有谁呢？即便正了说——又即便反了说——都不会有我和你，更不可能同时出现你我他。

他？斩龙者斩获了话里的症结，又把这症结揪至了话外。

"反正——总不会是我。他自是他。我们——也自是死人。"

"我们？——"话外已然扬起了无禄的业火，烧着了那话的本身。

话至此，整个竟好似断了片儿的醉汉一般，向死谷摇来晃去着抛落、下坠，连同话里的肃然、静穆和死的肆意，也一并摔了去，在分不清嵎夷、南交，抑或是昧谷、朔方的风中粉碎了身骨，销断了魂。

"一个，两个，都是死人。现在又多了一个死人。死人中，至少我和你，至多你和我和死人，谁又能知晓神的旨意呢？"死人说，"即使多了一个死人，又能改变神的旨意吗？神的旨意对每一位死人都是公允的、无私的，从无戏言，也绝不多言。倘使你违抗，也只会加深死的程度，而从不往生的方向扭过去。"死人的脸庞暴晒于重云叠日，生出几许渺茫的活的光火，熠熠地耀着熙攘的死人们的脸；死人们仰面朝天，承迎着那重云叠日的暴晒，在野火燎原里咽下吐出的神态活像窒息的、毫无水分的人面鱼；这更仿似一种秋割谷穗时才沐猴而冠的古老仪式，仅是苟活于死人的人中间，时隐而时现。

斩龙者干呕了数声，不得已，只好作罢，嗳嚅道：

我来此处，总似故地重游。

想必你那故土上的人里面竟从无半个活的。

斩龙者说，那是已故的空城。从不戏言，也绝不多言。那里面或许也确乎如你所言：什么都没有，只有死人。

死人当然不能算存在的事物，它们是空无的不存在，也是不存在的空无。在死人眼里，活人都是死的——只因在活人眼里，死人的活本就无法构成活的本身。

可我们城里本没有死人，正如你们龙镇本不是死的。只因那太阳——不知怎的，竟被人掳了去。

那是叫神给收走了！死人惊呼道，既是如此，你又怎好说自己不是死人呢？

神为何要收走那太阳？

因为神要赐予我们太阳。

神为何要赐予你们龙镇第二个太阳？

活得太少。

既是死人，又怎会活得太少？斩龙者摇摇头，在他看来，这未必是上策："羌笛不怨那龙镇里的依依杨柳，反倒怨了你们这些个死人。"假使是神的旨意，或说，即使是神的旨意，也未必是上策。这死人虽疯癫，倒也是个可说话的人儿。然而他一时之间不知死人想表达什么——又或许死人早已传达了他或他们的意图，只是斩龙者寻不出可接纳的途径。

我仍是要问你，你来此地作甚？

寻非死之物。

此处没有活物。

你岂非活物？

死人岂是活物？

日光看似密不透风，笼罩住这个了无生气的地狱。脚下荒土方始解冻，迟来的大风混着新沙旧尘，八方四面，横扫过仍是不知东西南北的北南西东；却难胜黄泥，禁不住喝了半抔，只得填腹肚一个半饱。龙镇犹如一团不生不息的光焰，熊熊燃烧着：死人和死人们是它最后的灰烬；斩龙者后退一步，险些踩散了那七魂五魄似的余埃——那倘真是死人自己的死灰。

"这里没有死人。"斩龙者说。

"是没有。神还没有死，死人全是活的了。"

"你是活人吗？"

镇上人恁多，竟只一死人回答。

活人恁多——

"你不就是哩——"

死人说。

在我的前半生里，我尚且只知道这故事的开头，也便是那第一个死人的故事；然而在我的后半生里，我也无可获知这故事的结局——那结局，如那眼角，那口子，豁了命似地缝不上，一割一切，登时便灌满了风，漏光了亮；窸窣作响的希望，荧惑不定的生死——那希望像是死的，又像是活的；那生死像是自己的，又像是别人的——

我猜，那是父亲的眼。

父亲看着我，定是不让我把这故事说与出去。可我总好似那破茧的蛱蝶，蛱蝶的斧镰，斧镰的宿主——想把这结局扒了心，拆了线，好生吞活剥。

然而我又须得把这结局由头说起——父亲也是这样做的。

这是第二个死人的故事。

死人是第二个死人。

至少在斩龙者眼里，死人是他遇见的第二个死人。

彼时立冬已过，移了星，转了斗，夜色只稍作抖擞，白日里积攒的热浪便全数逃离了朱雀们的庇护，只顾躲入那漆黑的夜的间隙，好取个无人问津（乃至无死人问津）的暖。月亮白得近乎乌黑了，发出腐朽的、孱弱的微亮，好似燕尾，只堪堪砍断了地上的婆娑。远山亦被这摸黑的白拦腰斩断，化作一片神影；然而随即又消散于杳无人烟的罕迹中。这的确是死的罕迹了——自从那对巨日坠落于昼羽的尾端后。

万物萎靡。龙镇重新入睡安眠，滑入那无边且无声、白雪皑皑的梦里。

"哎哟，大事不好！"有人经过斩龙者身边时，狠狠啐了一口。

斩龙者不知这大事有甚玄妙，只好问死人——这死人总像是无处不在。

死人坐在完全枯萎了的老树下，摇着那装点了乌白、腐朽屡弱的头，好像死的人不是他，而是除他以外的任何人，然而他不知这反更鉴明了他的死，以及他死的无处不在。

若说刚才是大事不好，现在便是万事都好了。所幸——

所幸？

你也是个死人了。

斩龙者学着死人的模样摇头，腐朽地、屡弱地，学了个八分肖似九分像——倘说是十足的吻合，那么即便是斩龙者，也大抵不愿承认——活人摇的头总不会是死人的头，死人的头又怎好叫往活人脖子上安。他是此番认为的。

你来此作甚？

寻非死之物。

不巧了。此处没有活物。

龙本非死物，却未必活。

依你之见——

我不求活物，只是寻龙。

寻龙之后呢？

斩龙。

斩龙为的什么？

为了那偷天换日的神。为了那做了混账的、埋汰的腌臜事的神。

好一个偷天换日，好一个混账埋汰腌臜事！然而，我说过的——

龙镇没有活物！

143

不止如此——龙镇哪有龙呢！

"龙镇诚然没有龙，或许也不曾有龙，可斩龙者是存在着的。甚至，太阳也存在着，它们的存在跟斩龙者不一样，它们是重叠的，是并蒂的，是孪生的。"斩龙者说，"我到此处不为斩龙，甚或可说，我从不为斩龙到此处。可那太阳——"

"你撒谎了。"墨似的夜，蘸了亮，扫了霾；险而又险地，钩住了月白色的玉钩，滴碎了死人眼里的光——那怪诞的寸光仿佛不是光，只是形状隐约若光的一寸怪诞。"然而你也错了。龙镇的龙不为斩龙者准备，甚或可说，它的准备从不为斩龙者。它只是龙，摆在那儿，盘在那儿，上可摸星，下可着地，挨着不成不就的巨木和云，浑身散发着辽阔无边。你只能用你赤条条的死亡去引诱它，可任谁也斩不了它，斩龙者不行，死人也不行，你可以瞧见的，它总是那么辽阔无边。它只负责引诱斩龙者的引诱，斩死斩龙者的死亡，一个、两个、三个死人的存在将更使得它辽阔无边，也正因如此，我们才不能知晓、改变、违抗神的旨意，斩龙者不能，死人也不能。这万万不是斩龙者的游戏，更远不是死人的把戏，这只是龙自个儿讨自个儿乐趣的嬉戏。斩龙者不能斩死神的旨意和神本身，他仅能斩死的，只有死人自己。神莫不可以说是遂了他们或你们的愿哩。"

死人说"辽阔无边"，并且说了三遍，然而在清晰如列家珍的吐字间隙时，又那么端好、完满、恰如其分地赋予了每一个"辽阔无边"本身辽阔无边的生命，仿佛辽阔无边的是一条龙，一种斩不了的引诱。

斩龙者困惑，恍惚间只觉得死人周身及其自身（包括他口里陈列的字句）都是一锅刚煮熟的费解，费解在里面热腾腾，咕噜噜，除了热也难以咽下别的，除了咕噜也难以听出别的。

诚然你是对的，可那太阳——

不，我没对，是你错了。我的错足以纠正、拧直、折断你的错。

这些我全晓得，但仍不及你清楚万分之一。可那太阳——

哎呀。

死人只念了两个字，斩龙者便硬生生后退了一步，以示发怵了；这份惊憷恁骇人，连那后退也生僵硬化得好似为惊憷所撞开那般，弹落了一地的"哎呀"。兴许是被鬼神指使、差遣了，斩龙者竟重新拾起那被撞了个散骨的"哎呀"。

哎呀，哎呀。他全无情感地复刻出了死人的惊叹。

死人板起了如第一个死人那般的脸孔，与苍白别无二致的惨白的月牙光在那死的脸上生姿摇曳，却总不见得一切倒活了过来——尽管那张死人脸板起来也并非毫无生气，只是连生气都无几分活人味儿，仅是普通的、死物的、不狠烈的生气罢了："你来得太早了，所以才早早地死了一回，我斗胆以死发誓，你决乎比我死得早多了，不然剥开嘴里只剩无数个'可那太阳——'的死人便是我了。你？至于你，那有甚重要的，你只如我此刻这般是个已死的死人罢了，跟第一个'可那太阳——'击打着下一个'可那太阳——'的我说着'你来早了'的事。然则事实呢，也不全如我所说的那般——你来得太早，或者说，死得太晚了，故此你死得委实不如我透彻，也因为这个，你才谨记着那两个重叠的、并蒂的、孪生的太阳，却全数忘了那本是神的旨意。你来此处，既然不为斩龙，也必然无念献身于神，凡此总总，神的旨意又如何会降下于你呢？甚而，神的旨意又如何会似从前那般降下于你呢？"

斩龙者说："我不曾忆起我的死和我的生，可那太阳——我却是记着的。"

"哎呀。"又一个化名惊叹的字节精准、冷静、毫不动容地从死人嘴边脱落了。

"感谢神的旨意！我可算晓得了，你固然无法知晓、改变、违抗神的旨意，然而你也果然承受过神的怜悯。你来得太早，又死得太晚，这倒佐证了你活过两回的事实——这或许也不过是神的旨意罢了，可谁（包括我们或者你们）能怀揣你此等幸运呢！你说你晓得，哼，你说说你晓得了什么呢。你或能晓得什么——死人中，至少我和你，至多你和我和死人，谁又能知晓神的旨意呢？"

死人嘴里的字节脱落得愈发快了，每一个笔画都经过了嘴，带着极为坚决的牙印，直嗖嗖地崩落下来。"即使多了一个死人，又能改变神的旨意吗？神的旨意对每一位死人都是公允的、无私的，从无戏言，也绝不多言。倘使你违抗，也只会加深死的程度，而从不往生的方向扭过去。"

月儿盘上了树梢。斩龙者凄凄凉凉地立在无人的残月断垣里头，一时间失去了自己的语言，他似是有所感悟，却又浑然不知：他体内的笔画仿佛全叫死人给偷了去——此刻此晌，死人正用那张死的嘴重新书写着笔笔画画，并在每一笔、每一画上都可恶、可悲、可恨地拴上了死人自个儿的口印。正如那日的神对他施加了可恶、可悲、可恨的咒语，且把太阳从他身边劫去了那样，死人也仿佛如神般对他降下了残忍无比的旨意——他只得忍住那不堪，把那地上的零星、残肢和废躯收拾了一番。

"唉。"

"你不能怨。"死人说，"你至少活了一次，甚而你活了不止一次，尽管结果上你是死着的——可那又有什么打紧的。总而言之，你是个死人。这确确乎乎是不可篡改的真实。"

斩龙者摇了摇头："并非如此。我们不一样。至少我与你是不一样的。"

"死人们，或说死人与死人之间——怎叫一个'不一样'？"

斩龙者说：我不是死人。

死人说：你是死人。

"你是死人。如此一来，我们确然没有什么区别了，你必须晓得。死人都不是活生生的，活生生的只有记忆。神的旨意降下，死人才有了活的起色，记忆也才有了生的盼头，否则你至死也无从再活过来。神把死人作活人，死人只能把活人作死人，这就是神和人的区别，也是神和活人、死人的区别。"

"既然我能重获死亡，那恰好意味着神赋予了我第二次死亡。然而，我又为何不能是神本身呢？你说我活过来，死过去，我又怎知我不是依仗神的身份活过来，同时依仗神的身份死过去呢？"斩龙者似是终于寻回了自己本来的声音、腔调和字节，一股脑地把捡来的完好的笔画的颗粒全倒泼下去。

死人的眼角笑了，这笑比起笑，更像极了一种促狭、一种荒诞、一种尖锐的流体，毫无密度和体积感，却惊为天人地巨大、轻飘、致密，网住了辽阔无边的神和死人——这死人竟与头一个死人（或说他所见的所有死人们）如此大相径庭。

"你——只是神似，而始终不神似的——除了那活生生的证据，你又有几分似神呢？"

夜光浮上平镜似的水面，又沉入璧玉似的水底。斩龙者只觉周身无以动弹了，像被神似的死人钉在了原地，只死在了那样、那般的辽阔无边里；四野无人，只有神和死人。

"然而，证据也不断然是无可伪造的，你把活生生的自己活生生地解剖开来，谁品尝得出这活生生是真是实？倘若活生生的不假不虚，可又怎难保是神出了什么惊为天人、辽阔无边的差错了呢！即便是我全说错了，万一你是神，那么你跟我就不是生死之别，而是神人之别——然而这也绝无可能了：神无法也从不有求于神。纵使你说破了天，骗穿了石，神设若确属情非得已而求助于自身——那也绝无可能：神的旨意怎会亲自眷顾神，而枉顾人？因而我才说（也代替神或死去的你说）你仍是死的——你否认不了的是：你在神的指引下，引诱神杀死了你。在你死前的生命中，你坦然地埋下了自己的死亡，神的旨意命定了你，你也仰赖这幸而不幸的命定收割了弑神的机遇（也许你认为不是弑神，而是斩龙，可总不会是成神），这机遇延续到了你死之后——你也正因着自己死去活来了两回，才误解了自己的机遇。'你是死的'这件事你无从辩驳，因为这是极真实（或最真实）的真实，即使你确凿地展现了你的活生生，你仍摆脱不了死亡。因为没有死人是不死的。而我跟你的区别，最大限度也只是你比我多死了一次罢了。你误解自己将死未死或说早

147

夭晚逝的活生生是自己存活于真实的铁证，却不料自己本非神——同时也从无成神的幸和不幸——自然也就没有决断自己死活的权利和能耐了——你本该晓得这一切的。"

故事至此便再无下文了。这算什么结局呢？我全然不懂父亲的良苦用心。可父亲每每只谈到此处，也只能谈到此处，就再不往下了。他的生死妄论早在超越生死前便已作古，我总觉他是成心的——故意刁难我们这些对着生死二字耿耿于怀的人，却绝不分予我们半点希望——管那希望是死是活。然而这倒叫我疑心故事的后头是否还有第三个死人了；可又难说也许果真如那一两个死人所提及论及的那般：斩龙者本就是死了的，他便是第三个死人——却终无着落（我险些是差点儿知道了的），只知斩龙者即便不死，也早已死在父亲那无人可活的故事里头，又许是死人和死人们粗糙的、没头没脑的死里头。

后来，父亲索性连这故事也不知该如何起头了，他或许想说"斩龙者"或是别的什么活物，可喉头里咳出来的只有死人一样的端绪，那点难以启齿被反复的焦灼和急切烙得猩红、滚烫、热烈，却总归开不了头儿。我是不怨他的，也确乎本就怨不得他：他自己也知自己大限将至了；唯一可知的只有他在春枝夏叶挨个儿点地的时刻说的一句话——那话不怎像话，因它只一个字，这字或许是字罢，譬如他自己的名儿或姓，却又极似单个的句读——嵌进满嘴满腔的难以启齿，而你要做的只是等待他的启齿或它的死亡，以及由这死亡和那死亡自身而熄灭的沸腾和擦亮的冷藏。

直到父亲死后，我仍无从悉知那被撕掉的结局，那结局由此而陷入了迷局，却也亏得这样或那样重重叠叠的撕掉，迷局也免不了被豁了个口，天窗似也，顷刻便灌满了风，再不然也漏些亮。这窗眼儿大概是源源不断的一个"断"，巨大，硕然，透过故事本身并不算多的崇山峻岭、怪石嶙峋，射向源源不断的许多"源"。这仗势的"源"和孤胆的"断"各自说着各自的话——那定是一段恢宏而怪诞的谈话，却也俨然失聪的人们跟哑巴的人打着日常的手语，那么普通，那么别致。你大可假装自己听懂了或看懂了，也大可透露这是足以听得懂或看得懂的，然也无须听懂或看懂了，只因你永生也没法子进入那恢宏而怪诞的世界。

由此可见，那恢宏，那怪诞，分明是刀子，是冷笑，屠戮你的希望，除名你的生死。而今，再泰然、怜悯地告诉你：一切均无可挽回了！——只是你必然是不接受的。

我只得想法子进入那恢宏和异常，寻思着如何重新开始这"断"——设若我的猜想成立，我的法子灵验，那么我非得追溯回"源"不可了——于是便在某年、某月、某日，我如父亲生前那般，穿越无数的故事、崇山峻岭和怪石嶙峋，终是寻至了龙镇。也不知那恢宏与异常是否仍在"源"或"断"等我。

正值立冬，迷局中的我怀揣迷局破开愈稀的夜色，草草地跳上了火车，也万万顾不上那在身后蓄势的黎明了，在星辰式微、万物复苏之前，便与那破晓前的死夜脱轨分镳，直捣向熹微。

我终是高估了自己，或说是低估了父亲。四季陆续轮无的时节，我不偏不倚，正好抵达了那个被乡里乡外的人唤作龙镇的地方，不料恰逢日光背向阴、冬花潜入夜，龙镇空旷，一时无人；只那不知悉春秋分的寒月闪着无可名状的寒光。

我总不甘于那永不揭晓的未知，只好在死物遍野、鸿鹄哀号的罅缝里，挨家挨户地寻找着什么良方妙药，好解了我的惑，也好驱了我的蛊——我决计是如此以为的。却不想，抬头便叫天眼给摄了魂——那眼角，那口子，豁了命似地缝不上，一割一切，登时便灌满了风，漏光了亮；窸窣作响的希望，荧惑不定的生死——那希望像是死的，又像是活的；那生死像是自己的，又像是别人的。

我不知，那是父亲的眼。

父亲确是死了，渡劫了，而且还魂了；又正是因为父亲在看着我，我才老做那父亲死、渡劫、还魂之前我常做的冬梦。那梦实是狭长、潮湿、阴暗，控诉着父亲那尽是死人、活生生的故事，犹如脱离了形体的犄角或肉筋；我在那梦里依次死去、渡劫、还魂，偏生寻不到出口，总迷了津：我只好翻来覆去地做那梦，惶惶然地在原地打转——嚯，那原地准儿是夏秋或冬春；更确切地说，那转不出去的，是我的那冬梦的本身——只为吞噬与诅咒我更深远更明朗的梦。

怎能诬陷是旁的吞噬与诅咒了你的春梦呢！——吸食了、嚼碎了、摧崩了、折磨了、灼烧了、融化了、消解了你春梦的骨髓的冬梦人（还几度三番），分明是你那死了的、渡了劫的、还了魂的父亲！

休语胡言！你这瞎子——净瞎扯！

谁说我是瞎子？我饶是瞎子，也担保看得真真儿的。

"况且，那怎叫故事呢？"瞎子刘老二掀开了门帘，"那只得说是死人的事。"我盯着他眼角的痦子，那样的丑陋，却显得无比的鲜明、斗大，全然是冷雨里冬寒料峭的那刀光——与其说我猎中了它，毋宁说，那痦子直直地、硬生生地刺入了我的眼。

"我父亲——如今确是个死人了。"

"那是自然的。"刘老二皮笑肉不笑地牵起嘴角，痦子也识相地跟着歪了歪，"死人的事，才叫故事。"未等我回话，又开了话匣子："谁说不是呢——没有人不是死人。至少在这儿，没有人不是死人。"

这么说，你是死人了。我说。

不是，不是。他摇头，仿佛跟我说话比跟死人说话还费劲、难解，又甚或冠冕堂皇。他周转了几圈，在屋里跺脚，好似要顺次跺塌这费劲、难解，甚或冠冕堂皇。

"我见过死人。"他说。却又就此斩了话题，只说：

"你来此地作甚？"

我本想说那徘徊整个冬梦的龙、斩龙者、死人和死人们，甚或父亲，可我早消失了我自身的声音，消失了那堵在喉口的龙、斩龙者、死人和死人们，甚或父亲——我实在无从得知答案了。连那萦梦的恢宏与怪诞也一道忘了去。

这里没有龙，也便没有斩龙者了，没有斩龙者，又哪来的死人？——且不说，这本就不过是些死人或死人们说的以及写作的故事，你何须信以为真，非寻至这死地——

我父亲，那时——总不会是死人。

呵，你父亲定是骗了你！

他猛地停了脚步，目光截断在自己印着薄的草藓的脚尖上，只是竭力地说，一喃、一喃，无止无尽：

"你父亲定是骗了你。你父亲怎会不是个死人呢——除非他瞒了他的死，或他死去的过往。他大约是早死了，只是以死人的身份跟你讲述那故事，可他活着时也不够确切，更毋说那泾渭分明；所以哪怕他受了神赐，承了天谴，也仍是逃脱不掉他自己——逐个、逐个死的运命。他是死的，或说，他是死过的——虽说如今，也确是死的。死人死了一回二回的，太寻常——"

晨露未晞，落霞映日。枯荣无度的春光里，无雨，无风，只光秃秃、赤条条、一丝不挂的晴。腐尸也躲不过这无边春色，愣催开了花儿。刘老二这瞎子老斜着眼，痦子钻在人儿心上总似开了个天眼，豁了个口，仿能洞晓天衷神意；不死不灭的光溢出来，迷乱人眼，直把满园的春日美色埋没过去：

你见过死人吗？

确没见过。

又问："当真不曾见过？"

这回又确不好说了。

暮敛余晖，明月未生。时间跃过云川、林海、青岭和楼厦，旋而又漫过浑噩如夜的白昼，凭空折了个小角，掀起了风的眼皮；那风里而歌而舞载欢载泣的天眼嗬——分明，且怎说不是父亲豁开的口呢。

刘老二徐徐地等；寻双日沉海，皎月初出，刘老二才点了一秉残烛，顾不上风儿——其实本也看不真切，索性半点不扶那火亮，只由它颤巍巍着：

"话说那时，死人对死人说'你本该知晓这一切的'，死人半话不说，他也无话可说。然而，他仍是动摇了，嘴唇抖落的迟疑蜷缩成一瓣一瓣的骇然，竟仿似那天地动摇了龙镇的日和月和日，虽只生死一刹，却已决无可疑的余地了——也容不得迟疑了——蛇头终是咬住了蛇尾：就在他捅破这四野无人只有神和死人的错觉时，初始的尾声终于衔到了结局的由头。你定要听那死人说了什么——那死人对另一个死人叫唤着：'你啊，你。你怎能为了赶跑时间，摔碎神的沙漏呢——可是怨不得你，你是无可苛责的。死人们也不正是这么做的么！那个卑鄙的死人，他怎能妄想神赋予他们无限的时间呢——然而他又何尝不是做到了。不然，你的太阳，或者说，你们的太阳，也断然不会被他叫神给偷了、抢了、劫了去——可也无可苛责，是你自己赶跑了自个儿的太阳，怨不到死人身上去，你要怨也得怨神去，谁叫咱们都是死人呢嗬，死人可不能苛责死人，这不是死人该做的事。所以你们也不能怨我——怨我把神抛弃了，哎哟，谁叫神抛弃了我们呢——我们这些死人！这里也许曾有过龙，也曾有过神，然而现在确乎是毫无踪影了。这里本就没有斩龙者——斩龙者无疑是死的（退一万步来说，最次也是必死无疑的），正如你是一个死人，我也是一个死人，然而那卑鄙的死人又何尝不是个死人呢！这诚然是我的错，可我是无可苛责的！死人是不能苛责死人的——'你猜另一个死人怎么着？——他大约是无以动弹了，像被神似的死人钉在了原地，死在了那样、那般的辽阔无边里；四野无人，只有神和死人——又或更切实地说，是只有神和死人们了。现在好了，死人的故事里终于只剩下死人了——死人自个儿也意识到自个儿是个货真价实的死人了——神？那不算。神也是死人，神有什么打紧的，神是个骗子，是个谎言，叫死人活过来死过去，却不叫死人们同时活过来死过去，实在是个孬货！你？你也是个死人——在这儿，有谁是活着的？你继承你父亲的死，你父亲的死又托付给你他的活；即使并非如此，你也定有你的猜想，你的法子，非追溯回你的"源"或"断"不可——你本就是那破茧的蛱蝶，蛱蝶的斧镰，斧镰的宿主！——好瓦解他的生，收割他的活，缴获他的命——除了神，谁能做得成这等偷天换日呢？除了神，谁又能做得出这混账的、埋汰的腌臢事呢！"

夜风起又落，月亮本在树上盯梢，看太阳和太阳何时升起，此时竟被尚未破的明晓抖落，求死无果，渡劫不成，只霜花银雪滚满一地，到底也作罢了还魂；凄迷正屠戮着一切的、无以为继的荒凉，顺道除名着一切的、无以为继的谬诞——好似神——屠戮我的希望，除名我的生死；俄而，再泰然、怜悯地告诉你：一切均无可挽回了！我已打住了那些无思绪的、近乎无限空绝的妄念；那些该死或已死的妄念，无不未经神的命名，却也似是不足为惧了——可一抬头，又叫天眼给摄了魂——那眼角，那口子，豁了命似地缝不上，一割一切，登时便灌满了风，漏光了亮；窸窣作响的希望，荧惑不定的生死——那希望像是死的，又像是活的；那生死像是自己的，又像是别人的。

我知，那是父亲的眼。

事已至此，我倒再问你一回也无妨——你来此地作甚？

寻非死之物。

不巧了。此处没有活物。

你岂非活物？

死人岂是活物？

龙本非死物，却未必活。

依你之见——

我不求活物，只是寻龙。

寻龙之后呢？

斩龙。

我说过的——

龙镇没有活物？

不止如此——龙镇哪有龙呢。

甚至神都没有。

在这无人知晓的某年、某月、某日，我如父亲生前那般，穿越无数的故事、崇山峻岭和怪石嶙峋，终是寻至了龙镇。我像是那瞎子，只等那梦里的浮光欲跃金以及梦里的静影复沉璧；然而我却早已找不到那等着我的"源"或"断"了，更遑论那"源"或"断"里的恢宏与异常！

"这里没有神。"我说。

"是没有。这里没有神了，死人也就全死了。"

"你是死人吗？"

镇上人恁多，竟无一活人回答。

可恶、可悲、可恨的咒语，终归全然加诸我身上了，然而心底的耸动早逼使得我无以动弹——

死人恁多——

我听见了死人们的话语——像被神似的死人钉在了原地，只死在了那样、那般的辽阔无边里。

你不就是哩——

终于。

四野无人。

只有神和死人们了。

白　露

陈瑞鑫①

一、夏至

"妈，我爸呢？"

病床上一个苍白的少年呆滞地呼喊着，简兰放下了手上那个削了一大半的苹果，用手微微抚摸着顾城因为化疗而逐渐变得光秃秃的脑袋。

"你爸去帮你捉蝉治病啦。"

简兰一字一句充满了柔情，她温柔地抚摸着自己的儿子，尽量让每一个字都饱含深情。

顾城若有所思地点了点头。简兰看着他，心里仿佛被剜掉了一块似得，因为病魔的折磨，这个十八岁的少年消瘦得不成人样。他的神情中有些微微的呆滞，但瞳孔中却充满着对生命的渴望。

夏天快到了，窗外的蝉正在病房外的树上聒噪着。

简兰摸了摸顾城的手，似乎想给他一些温度。顾城的手形如枯槁，上面早已布满了密密麻麻的针孔，绿色的血管清晰可见，简兰触电似的收了回去，她对顾城微微笑着，径直走了出去。

眼泪数不清第几次流下来了，简兰用手迅速地拭去了，如果没有人看到这一切，还以为她是个幸福的中年妇女。

---

① 广州大学新闻与传播学院 2014 级 1 班，广播电视编导专业。

她感觉万箭穿心。

"顾城你慢点！别碰着你爸了！"

简兰站在看台底下，摇着写了顾城名字的硬纸板呼喊着他。顾城看到她不顾形象地拿着一个大硬纸板在一群家长中挤出头为自己加油，觉得她就像一个青春期的小姑娘。

那是一年前，高考后的暑假。

顾城考得很不错，被北方一所知名的高校录取了，学校为他们那届优秀的毕业生举办了一场亲子篮球对抗赛。

顾城运着球，在球场上奔驰着，爸爸队也不甘示弱，比分咬得难舍难分，父子两人都是各自队伍的主力，简兰在场下欢呼雀跃，那一刻，她觉得她是天底下最幸福的女人。

丈夫事业有成，儿子听话懂事，他的人生才刚刚开始，即将去大学里开始一段崭新的旅程。

又是一个三分！

顾城的一个三分让他们队赢得了比赛，场下，父子两人拍了拍手，像两兄弟一样。简兰走了上去，正准备给顾城递水。

仿佛就那么猝不及防的，她走过去，看到顾城大口呼气的脸变得通红，她听不见顾城在说什么，只看见顾城的嘴在不规则地张动。她看见顾建云也发现了儿子的一些异样，挨近了过去。

她眼睁睁地看着顾城在自己面前倒下。

然后一群人围了过去，后来顾诚被救护车拉走。

那一天简兰不知道自己流了多少眼泪，她只记得她和顾建云站在手术室外看着那盏冰冷的红灯呆呆地入神，他们一夜无话，谁也不明白迎接他们的会是什么，直到那天拿到检查报告。

脑癌，晚期。

简兰拿着报告，在病房外跪了下去，捂着嘴哭泣，不敢发出任何声音。顾建云抬起头来，若有所思，眼眶里布满了泪水。

他们一家的命运就在那一天被改变了。

二、小暑

顾城迷迷糊糊的，由于头痛，他每夜都会醒来好几次，早已经习惯了。

他睁开眼睛，窗外夜深，无尽的夜色包裹着静谧的大地。他看见简兰正趴在床上睡觉，像一只找不到家的小鸟。

他看见黑夜中简兰的黑发里有一丝银白，他心如刀割。回忆汹涌而至。

"妈，你长了几根白头发诶。"

简兰正在看着报纸，她头也没回，对着顾城说，"噢，那你帮我拔掉好了。"

顾城伸出双手，小心翼翼地找出了一根银白发丝，硬生生地拔掉了，只听见简兰发出了"诶哟"的一声惨叫。

这究竟是多久前的事情了呢，顾城抬头看着天花板，叹了口气。

他突然看见顾建云靠着墙边，温柔地看着自己。

"爸，这么晚你还不睡吗？"

顾建云没有说话，他微笑着走过来，抚摸着顾城的脸颊。

顾城看着爸爸，鼻子微微发酸，爸爸如今似乎比自己还要消瘦，为了给自己治病，他不敢想象他为自己付出了多少。顾城想起自己似乎还没看到顾建云哭过，可他是真的没有哭过吗？他是这个家的顶梁柱啊。

往事似乎历历在目，一年前他还和这个曾经魁梧的中年男人在球场上拼得不相上下，谈心聊天，说些瞒着简兰的小秘密。他看见顾建云微笑地对着自己点了点头，转过身，巍巍峨峨地走了出去，从床头那盏小台灯里走向了浑浊。

他看着为自己劳累一生的父母，昏昏沉沉地进入了梦乡。

三、大暑

"乖，喝药了。"

简兰端着一碗中药，上面还散发着滚滚的热气。顾城捏着鼻子，他看见那黑色的浓郁里晃动着自己波光粼粼的影子。

"妈，昨晚你睡着的时候，爸又来看我了。"

简兰仿佛愣了一愣，一秒后她又恢复了处事波澜不惊的态度，她温柔地看着顾城，就像看着一个价值连城的珍宝。

"你爸每天都给你捉蝉做药，等你病好了，一定要好好孝顺他啊。"

顾城笃定地点了点头，他把药喝完，碗里只剩下了几只蝉的影子。

他看着窗外，八月中旬了，窗外的皂荚树像伞一样地撑开，几只蝉正贪婪地吮吸着枝叶，发出声嘶力竭的叫声。

那天顾建云拿着顾城的体检报告，坐在天台抽了一整夜的烟。

顾建云平常是从不抽烟的，那一天简兰也没有打搅他，两个人站在那，一夜无话，简兰忽然对顾建云说，"我们好像还没有看过日出。"

顾建云没有回答，他点了点头，熟练地吞云吐雾。两个人靠在栏杆上，直到太阳升起时一夜未合眼。

似乎只是为两人找到一个胡思乱想发呆的理由。

突然有一天清晨，顾建云兴冲冲地跑了回来，包裹里装了几只活蹦乱跳的蝉。他的眼睛里布满血丝，整个人却异常的兴奋。

他花了数年积蓄买了一个偏方——普通养殖蝉饮露水，若捉山中清晨之寒蝉，趁天刚亮，蝉未吸露水之际，将它们用秘方泡制，这种药蝉就是治疗脑癌最好的药引。

从那天起，顾建云每天清晨三四点出门，天还未亮，他就开着汽车，去县城的树林里捉蝉给顾城治病，一坚持就是一个多月。顾

158

城每周至少需要七只蝉，可他每天只能捉到一二只。因此顾建云就像是猫捉老鼠一样。现在已经是八月了，蝉在白露到来之际，必死无疑，他早已没有多少时间让儿子和死神去赛跑了。

他过着黑白颠倒的生活，辞去了自己的工作，他浓密的黑发仿佛一夜之间变得花白，原本健康魁梧的身体，如今走起路来像个老年人。

万丈悬崖边，唯有跳下去，才是飞翔的捷径。

四、立秋

简兰对顾城说，"我推你出去走走吧。"

那是一个清晨，天空泼满青釉，病房外有许许多多的大树，像伞一样撑开。在斑驳的光影中，剩下了简兰和顾城两个人。

简兰把轮椅推到了一面湖边，水面波光粼粼，伴着周围不断四起的嘶哑的蝉鸣，微风拂过。

顾城闭上眼睛，想象着一切不说话。他想到如果自己没有生病，现在的人生会是怎样的呢？

他会在那个篮球比赛后和从小到大的朋友出去旅游，他们那时约好要去云南，看玉龙雪山，看香格里拉。

然后他会认识几个舍友，没事在寝室打打游戏，参加一个学生社团，或许在其中谋个一官半职。

又或许在某个大学的雨夜和爸妈打电话，说说最近的事。

顾城头上的神经间歇性地刺痛了一下，一下就把他拉回了现实。他睁开眼睛，突如其来的疼痛让他表情狰狞。

"你没事吧？"简兰心急如焚地说道。

顾城看着简兰，因为疼痛他没听到她说的话，他只微微看到了她的口型和她两鬓不断增多的白发。

他被推回了病房，他的手上又多了一个针孔，他看到挂满的瓶瓶罐罐下，急得快要哭出来的简兰。

还好我还看得见，顾城心想。

等到顾城醒来时已经是下午了，与往常的夏日不同，这个午后，天阴沉沉的，天边包裹了几朵黑色的乌云，黑得像他每天喝的中药。

仿佛有一场暴雨将要到了。

顾城不由得想到了还在城外给自己抓蝉的爸爸，天阴沉沉的，似乎下一秒就会下起滂沱的大雨，他看了看站在自己身侧的简兰，也在愣愣地看着天空，正和他一起在担心顾建云的安危。

"我推你回去吧。"

简兰率先打破了平静，她收回了自己的目光，对着顾城微微侧着脑袋微笑。

不知道爸爸现在怎么样了呢？顾城想着，脚下的轮椅也开始随着天边的乌云转动起来。

顾城重新躺到了病床上，门外逐渐传来阵阵杂乱的脚步声，他看见走来了许许多多探病的家属，他们的目光向各个病房里敬畏地探去，那些目光没有找到自己的归属后，又倏地被收回。没有人知道病房里每个人的故事，他们也不知道病房里的人是多么羡慕他们，看着他们能把人生的炙热和关切投向给他人。

每个月，顾城的朋友们至少会来看望他一次。

最开始的时候，每隔几天就有人过来，捎来八卦和问候，简兰很开心地看着顾城和他的同龄人一块聊天，当病房里爆发出阵阵笑声时，她仿佛觉得一切都没有发生，自己只是做了一个很长很长的梦，等她醒来时，顾城又会嘴里咬着一块面包，匆匆地赶去上课。

只是后来，来的人越来越少了。

然而，即使是最好的朋友，他们的话题也不可能永远止于"那时候的我们做了些什么傻事"。

逐渐有人说起，最近去了什么地方游玩的话题，然后有人跟着，说起了自己大学后的见闻，说起了他们身边的舍友，说起了最近一场轰轰烈烈的旅行。他们之间那些没有顾城的时光，被新的人、事物逐渐给塞满了。

顾城只能永远微笑地点头听着，他不是不想说话，他只是插不上话而已。他看着这些曾经一起约好要去某个大学念书的挚友们，说着他们最近的没有他出现的琐事。

他们的人生还在向前走着，真好。顾城看着他们侃侃而谈，心想。

只是每次他们走了后，顾城总是会发呆很久很久。

有一次他们在顾城这里约定明年的暑假要一起去北京爬长城，还邀请顾城明年病好了和他们一起去。

那天已经很晚了，就连简兰也已经忘了这个子虚乌有的约定。她正准备关灯让顾城休息时，顾城忽然开口对简兰说："妈，其实我真的好想去爬长城。"

简兰忽然泪如雨下，谁也不知道这个十九岁的少年思考了多久，也不知道他经历了多少。不知道从什么时候开始，他的人生早已被凝固在这个矮小的白色病房，谁也不知道这里还会囚禁他多久。

简兰紧紧地抱住了顾城，那是她第一次在顾城面前掉眼泪。

五、处暑

"爸！爸!"

顾城猛地惊醒，他起身，发现自己早已满头大汗，身旁简兰担心地冲了过来，关切地询问他怎么了。

"我又梦到那天，雨好大，爸爸一直没回来。"

简兰微笑地摇了摇头，她拭去了顾城额头豆大的汗珠，保持着柔和的微笑，仿佛是一个做着重复动作的机器人。她握住了顾城的手。

"傻孩子，我和你爸一直陪在你身边。"

顾城看到顾建云靠在墙角，给自己竖着一个大拇指，仿佛在鼓励自己要好好加油。他向来是那么不苟言笑，顾城也经常拿沉默的他来开玩笑。父爱如山，总是厚重而深远。

夜深了，树的影子被风吹动。

八月快要结束了，夏日的雷雨季节也快要过去，顾城经常躺在病床上看着落叶，呆呆地入神。

蝉鸣声逐渐小了下去，顾建云每天都要花更多的时间去抓蝉，顾城开始整日整日地看不到顾建云的身影，只是在简兰一如既往地给顾城端药时，在那难以下咽的苦味里，似乎看到了顾建云打着灯，在一棵一棵树上寻找着蝉的身影，就像一位寻觅宝藏的老人。

药还在不断地吃着，可是，顾城的身体仿佛越来越差了。

他开始整日整日地昏睡、头痛，医生在他的点滴里加入了更多的止痛药。

他的反应变得越发迟钝，越来越不爱说话，简兰也伴随着他的病情迅速衰老了下去，两个人坐在病房里，似乎一对共生的等待命运宣判的母子。

简兰如同往常一般给顾城削着水果，顾城的朋友们又来看望他了，他们打扮得光鲜亮丽，面上全是年轻人应有的青春和活泼。

他们照例欢快地跟顾城打招呼，顾城傻傻地笑着，抬起了正在输液的双手，愣愣地点着头。

他们似乎没有察觉到异样，等到他们你一句我一句时，发现向来活泼的顾城如今嘴巴微微张开，只能发出机械呆滞的笑，或是说几句简单的话。

有一个女孩没有忍住直接哭了出来。

简兰坚强惯了，她忍住眼泪，扶着那个女孩将她送出了病房。出去后，她靠在简兰的肩上，大声地哭了起来。

仿佛所有人都没预料到这一切似的，四周变得沉默了，大家都不敢说话，仿佛所有人都强忍着泪水，一开口就会喷涌而出。

房间里，只剩下顾城看着他们傻笑。

顾建云走了过来，他握住了顾城的手，似乎在对他打气。

"要坚强啊！他们都在为你担心呢！"

这是这段日子顾城第一次听顾建云说话，他一字一句醍醐灌顶似的进入了顾城的耳中，是啊，他还要和大家一起去爬长城呢。

顾城对着顾建云重重地点了点头。顾建云的手温暖厚重，顾城摸出了他手上有几个老茧，却没有摸出他们今后会有多少距离。

病房外，简兰安慰着这个小姑娘，却不知道谁来安慰自己。

她似乎已经没有眼泪可流了，她也曾经无数次地问过命运，为什么。

她想起自己和丈夫一生勤勤恳恳，经营着属于自己的人生，然后有了一个孩子，孩子的乖巧懂事从小就让他们省心。然后，他们将自己的一切都给予了他。他们只是芸芸众生里一个普通得不能再普通的家庭。

他也是很争气的，用优异的成绩回报给了最爱他的父母。

可病魔就那么突然又无情地降临到顾城的头上。

简兰无数次在心里和老天爷说，求求你了，让我生病吧，能不能不要折磨我的儿子。

她虔诚地跪在庙宇里，不断地磕头。闭眼，睁眼，期待下一秒一切能够改变。儿子去外地上学，展开一段新的人生，丈夫辛勤工作，一家人和和美美。而不是如今这般病急乱投医，整日整日发疯似的捉蝉做药。

她回到病房，看到顾城的朋友们眼眶红红的。

她走了过去，温柔地抚摸着顾城的脸颊，顾城眨了眨眼睛，他的嘴角微启，露出了他惯有的大男孩的笑容。

"不要哭，不要哭。"

"我很好，你们不要哭。"

六、白露将至

九月六日，鸿雁至北而南，白露将至，蝉必死无疑。

顾城已经吃了一个多月的药，病情似乎根本没有任何好转。

秋天快到了，烈日渐渐隐去，微风吹拂遍了整个城市，蝉鸣渐

163

渐小了，然后完全消失。顾城再也没有吃一次顾建云熬的中药。那些蝉鸣就这样消失在了那个皂荚树盛开的盛夏里。

"桂花开了，好香啊。"

顾城这几日精神特别好，简兰微笑地走了过来，扶起顾城走到窗边。顾城探了头出去，贪婪地呼吸着空气。

人这一生的欲望，从小时候的玩具车，再到最后，能够呼吸竟也成了一种奢侈。

"妈，你知道明天是什么日子吗？"顾城嘴角微微上扬，仿佛在计划些不为人知的小秘密。

简兰的嘴角似乎苦笑了一下，随后又恢复了她平静温柔的面庞。

"是我爸的生日啊。"微风浮动，落日的余晖照亮了这个苍白少年消弱的面庞，他从容而笃定地看着窗外的落日，棱角分明的脸庞蒙上了一层夕阳的阴影。

顾城若有所思，简兰紧紧抱着他，看着窗外的一切。

尽管医生再三提醒，简兰还是推着顾城出去给顾建云买生日礼物。

九月初的晚风，抚摸过这个城市每个人的面庞，由于是傍晚，所以气氛变得些许阴冷。顾城坐在轮椅上，因为身子虚弱，腿上还盖着一条厚厚的毯子，在市中心的夜晚就像是一个异类。

路上迎面走来了一群十六七岁的少男少女，他们穿着校服，谈天说地。简兰看到他们，心里仿佛用力扑通了一下，她推着轮椅的手突然握紧了。

顾城应该就比他们大个两三岁吧。

顾城的目光微微地洒向了他们，然后似乎又止住了，呆呆地低下了头。四周很安静，只听得见轮椅的滚动声和他们的聊天声。

两人就这么漫无目的地走着，还是顾城先打破了沉默。

"去这里吧。"

这是一家位于市中心的精品店，里面挂满了琳琅满目的小礼品，高高的格子铺旁，几位花季少女正在挑选着自己认为满意的小礼物。

顾城的轮椅咯吱咯吱的，似乎将店内所有人的目光都吸引了过来。

顾城熟视无睹，继续在琳琅满目的货架上挑选着明天送给顾建云的生日礼物。简兰看到顾城的眼睛里冒出了这段时间少有的神色，仿佛里面有一束光正在不断地发亮。她忽然想到顾城小时候曾经在一家玩具店死缠烂打地要买一个巨型的高达，那时候家里还很穷，简兰死活不同意，顾城就拉着简兰的手不放，坐在店里又哭又闹。

"别哭了！"简兰甩着小顾城的手，四面都聚着围观群众偷笑的目光。

"妈妈今天没带钱，等你回去叫爸爸来给你买好不好？"

小顾城立马止住了哭声，乖乖地牵着简兰的手走了，顾建云从小仿佛就是顾城的孙悟空，是他从小崇拜的黑猫警长。

如果时光能够倒流就好了。简兰看着顾城认真挑选礼物的样子入了神，她仿佛看到面前那个刚到她膝盖高的少年，正在不断地哭闹喊着，我要买这个！买这个！

她仿佛看到自己走了过去，将那个少年紧紧地抱住不放开。

"妈，你说我们帮爸买这个烟灰缸好不好？"

顾城打破了沉默，简兰看到他手里有一个壁虎形状的烟灰缸，做得活灵活现的。简兰微微点头，顾城端详了一会，却又自顾自地说了起来。

"算了，不好……抽烟不好……"

简兰感觉自己的心疼得四分五裂，她竟然不知道如何回答他。

她看着顾城拿着那个可爱的壁虎烟灰缸入神的样子，她无法想象顾城心中的痛，因为没有任何一个人会比顾城更加了解"生病"或是"疼痛"的意义。

顾城看到柜台上方有一双非常漂亮的毛线手套，他想从轮椅上站起来，虚弱的身体却让他停住了。

身边一个女生看到了这一幕，径直帮他拿了下来，顾城微笑着对她点了点头，说了声谢谢。

简兰看着这个扎着简单马尾的女生离去的背影，心想多好啊。

她看着她步履轻松，穿过来来往往的汹涌的人群，过着她今后未知的漫长的未来。

他们的青春才刚开始，而顾城的可能快要结束了。

"还是送爸爸这双手套吧，前几天他握住我的手，我摸到了他手上的老茧。"顾城摸着这双精致的毛线手套，随之又补了一句话。

"特别厚，爸爸这些年太辛苦了。"

简兰转过身，"我去买单"。然后眼泪径直流了下来。

这几个月，简兰仿佛没有看到过顾城在她眼前哭泣，以至于她无法判断顾城的心理，他到底有多悲伤，他到底每天在思考着什么。她仿佛感受不到顾城心中的痛，却没有人能比她更能感受顾城心里到底经历着什么。

简兰推着顾城漫步回医院，顾城把刚买的手套紧紧抱在胸前，忽然他又看见最开始时遇见的那群少男少女飞奔着，嘴里喊着，快要迟到了。

"我考上的大学还算数吧，妈。"

"嗯，等你病好了我们就去上学。"

如同寻常母子简单的对话一般，却波澜不惊地说着等待命运审判才能知晓的答案。

顾城似乎放心地点了点头，他们的背影渐行渐远，谁也不知道明天会发生什么，抑或今晚会发生什么。

七、白露

第二天晚上，顾建云终于来看顾城了。

顾城的眼窝已经完全陷了下去，他脸色苍白，原本匀称的身体变成了风一吹就倒的竹竿。他对着靠着墙的顾建云招了招手，"爸，生日快乐。"

顾城和简兰拿着礼物在病房里从傍晚等到深夜，顾建云才突然出现在墙边。顾城已经快睡着了，当他出现在墙角，顾城迷迷糊糊地拿出了给他准备的礼物。

一阵夜风吹来，带入了秋日的点点凉意，顾城声音虚弱，顾建云却走得笃定，他走过来，似乎很久没有刮胡子，一盏小小的灯下，胡茬清晰可见。顾城看着顾建云看自己的目光，他感觉自己还是那个家里的宝贝儿子，还是那个篮球场上和顾建云拼得不相上下的小伙子。他看见简兰在一旁看着他们幸福地笑着，他俩一同站在病床边微笑地看着自己，暖黄色的台灯照了下来，顾城觉得有些温暖。

如果时间能够永远停留在这一刻就好了，顾城心想。

如果他们一家人能永远在一起就好了。

顾城不知道自己的手术为什么提前了，他只看见早上妈妈和医生激动地交流着什么，但他却听不清一丝一毫。

顾城看了看窗外，有几只飞虫趴在窗上，贪婪地靠近着灯火。妈妈说自己的病已经很稳定了，明天就要做手术。手术做完后，自己应该能继续之前的人生轨迹，去自己向往的城市读大学了吧？

他想起暑假没有去的香格里拉，那里有皑皑的雪山和大片大片的海。他想起了和朋友们约好的爬长城，在南锣鼓巷吃小吃。

想让爸爸妈妈脸上露出久违的笑容，他们回到家里，一家人舒舒服服地睡上一个好觉。

想到这里，顾城幸福地笑了，他握着顾建云的手，紧紧地不放开。

第二天一早，顾城就准备被推进麻醉室。

顾城看着天花板，自己身上已经穿好了消毒过的衣服，他感觉自己的思想和身体一起都没有知觉了。简兰走了过来，温柔地握着顾城的手。

"妈，我爸呢?"顾城看着简兰，仿佛等待着自己最后的寄托。

"你爸马上就到了，你先睡一会，等你手术好了，他就来了。"简兰每个字都附带着饱满的情绪，她的眼眶湿润了，儿子的病痛也把这个普通的妇人折磨得不成人样。

顾城微微地闭上了眼睛，他被推进了手术室里。简兰看见手术室的红灯亮起后，感觉全身似乎被压得喘不过气了。顾城的脑瘤严重压迫到了神经，并发症越来越严重，不得不提前进行没有把握的手术。

简兰扶着墙，颤颤巍巍地走到顾城的病房，仿佛等待了许久一般，她从那个小小的柜子里翻出了一张灰色的相框，颤抖地把它摆在了柜子上，她终于崩溃了，所有的一切压得这个曾经幸福而骄傲的小女人喘不过气来，她的眼泪大滴大滴地落了下来，泣不成声。黑色毛线手套旁有一张巨大的灰色照片，照片上，顾建云英俊而温柔地笑着，仿佛和从前一样。

八月仲夏，顾建云冒着大雨进山后遭遇山体滑坡意外死亡，享年 48 岁。

葬 礼

金　娜①

夜里有风，门外的梨树枝随风摇摆，树下的花狗慵懒地打盹儿，它已经是条老狗了，整日耷拉着脑袋等待主人喂食。虽是夏日，倒也有些许凉意。她的孙女坐在床边，手微微哆嗦着在打电话。她听到外孙女的声音，想伸手去接过电话，却使不出一点儿力气，罢了罢了，她想闭上眼不再去听，方惊觉未曾睁过眼，何来闭眼之说。心里有些哂笑，差点忘了自己马上要离开这个世界了。

凌晨四点，她吞下这阳间的最后一口空气。有些血腥味，口感并不好。她突然很想念她那个刚毕业的孙子。他要是知道自己死去了，定会第一个赶回来，可是没有机会告诉他了，自己把为他结婚存下的三千块钱缝在了被子里。

村里的人把她放在床板上，抬至堂屋。还没有置办棺材，只能用棉被暂时盖住她的身体，被纱布缠住的头有些小，深深凹陷的脸颊像个百岁老人，但其实她今年刚满七十三岁呢，不过只要自己不提，估计也不会有人知道。额头的血块已经渐渐凝固，从眼角流至下巴的血液也早已风干，偶尔有苍蝇会飞来嗅一嗅，然后被二女婿赶走。外孙女则在堂屋的门口看守着，生怕猫狗的误闯会惊扰了外婆的灵魂，她站在尸体旁边，倒也没有觉得门外的动物们有多可怕。修了一辈子的福，没有错过任何一场拜佛的仪式，也不知道自己能不能进天堂，天堂是什么样的呢？如果儿女在祭拜时给的纸钱少了，

---

① 广州大学人文学院 2015 级 4 班，汉语言文学专业。

自己会不会又得去挖苦芹菜卖点小钱过日子呢？天堂有锄头吗？估计没有吧，电视剧里面从未演过。

六月的白昼很是燥热，她的身体也开始变软。第三天了，四个儿女都还未赶回来，她有些担心，要是再没有人给自己洗澡，估计到了第四天就已经软得抬不起来了。她已经一个多月没有洗澡了，脚也很脏，不能这样就下葬呀，不干不净可是大忌。她焦躁不安地在堂屋里打转，不小心被前往里屋拿手机的孙女给撞到一边。这死丫头，走路没个眼神；忽又觉得有些错怪她了，谁又能看见鬼魂呢。院子里开始有些吵闹的声音，那是一群来帮忙打理后事的姑娘们，个儿最高那个还是自己带大的呢，姑娘站在人群里嚷嚷着谁愿意和她一起给阿婆洗个澡，要是等阿婆的两个女儿回来，估计就洗不了了。没人应答。"二婶，你小时候还吃过阿婆的奶呢。"姑娘走向一位中年妇女。女人面露难色，有些尴尬地抬起头，后又假装不在意地摆摆手，"好啦好啦，多大点事，洗就洗吧。"这场洗澡仪式是在欢笑声中进行的，外孙女靠在门边，诧异地听着女人们聊着外婆的身体，哪个部位最脏，哪个部位最难洗净，顺带调侃了下她下垂得不像话的胸部。她不明白为什么大人们的眼里没有悲伤，为什么大家对待死去的人可以如此轻松并且随意议论。

三月梨花盛开，家里的花狗经常跟着她去地里，盘着身子睡在一旁等待她干农活。偶尔有风刮过，周围的树枝被吹得张牙舞爪，左右摇晃。梨花落地，铺满了小花狗的整个身子，它似乎被露水冷到了，跳起来抖落满身的花瓣。转过头看看她，她的头上也有几片花瓣，藏在有些斑白又有些浅灰的头发里，异常和谐。她扛起锄头从地里出来，结束一天的劳作。再过几个月，梨树上会结满果实，她家的梨树一直是村里最早结果的。

儿女们陆续回家，大儿子和小儿子张罗着置办棺材。而她的两个女儿则扑在母亲遗体旁号啕大哭，据说人死后，亲人哭得越大声，死去的人越能得到安息。邻居亲戚拿着毛巾来捂女儿们的嘴巴，安慰着节哀顺变，这时按照规矩哭丧的人要顺势慢慢止住哭声，停下

170

来吃个饭再回来接着哭。小女儿哭得最为大声，也在被捂住的瞬间立马收住声音，擦干眼泪便吃饭了。她拉了姐姐一把，对方拒绝了，大女儿慢慢站了起来坐到一边，布满红血丝的眼睛死死盯住母亲的脸，旁人劝她下去吃饭，她无力地摇摇头。女儿在一旁看到，觉得有些丢脸，妈妈总是这般，伤心起来就折磨自己的身子，颓丧的样子总给人添乱。她想到自己虽难过，却也强撑着忙碌了几天为外婆守夜，不由得又更加责怪妈妈了。

大儿子发现菜篮里有十几个早酥梨，不像刚摘的那么新鲜，但胜在样子好看，又大又圆，转头招呼着媳妇分发给帮忙做饭的厨师们。她冲上前去拦住，被儿媳妇撞倒在木梯旁，木梯的底部还有她的血迹，像是避讳似的，她赶紧逃开。木梯摇摇晃晃的，二楼的楼梯口放着一个崭新的空箱子，没有人知道是要拿到楼下，还是放到楼上去。

乡下人聚在一块，话题永远围绕着家长里短，谁家的狗咬了人，谁家的姑娘还没嫁人。渐渐地气氛开始变得微妙，洗菜的妇人们聊天的音调低了很多，"你们知道吗，我刚刚去给婶婶整理遗物的时候，发现她生前早就把自己的所有衣物叠放好，还记得那天洗澡换的葬衣吗？兵兵妈说是在婶婶的床边拿的，那件衣服是崭新的还没被穿过呢，只不过领口被老鼠咬了几个洞。"对面的妇人立刻附和着，"好像是这么回事，她修福所得的那些凭证，全都被整理齐全挂在堂屋的神榜上呢。"她们越聊越激烈，声调不由得高了许多，又立刻被旁边的人扯了扯袖子提醒，于是压低声音继续讨论着，"怕是她早就预感到自己的大限了吧，还是说……"。大人们忙碌着，搬桌子，请法师，招待客人，一切都在慌乱中进行着。

法师念着悼文，家属们在门口整齐地跪着，正午的太阳烤得人几欲晕厥，只盼着法事快些结束。中途大孙子回来了，赶在发丧前一天，他一脸疲惫地拖着行李箱，礼貌地和亲戚邻居们打了招呼，便换上孝衣跪在表妹身边。他低声和表妹抱怨老家毒辣的太阳，表妹没有应答，她突然想起妈妈经常夸赞表哥，以至于十多年来他一

171

直是自己的榜样，"你表哥是个极为孝顺的孩子，经常为还在使用煤油灯的奶奶换上灯泡。读书时剩下的零花钱都偷偷塞给了奶奶，每当放假就往奶奶房里跑"。可是外婆死了，表妹好像看不出他的悲伤，人长大以后，就不会轻易难过了吗？

她站在棺材旁，听着法师念着她的一生。饥荒时被卖做童养媳，二十岁育有三个孩子，带着两个稍大的儿子劳作回到家，鲜血浸湿了被土匪抢劫过后死去的公婆、丈夫，还有尚在襁褓中的婴孩。改嫁，新的丈夫能干却爱打老婆，在大女儿出嫁过后没几天因病离世。儿女们纷纷外出打工，扔下刚进入小学的几个孙儿给她照顾，却对于寄回生活费的事只字不提。她只得趁农闲时上山挖些苦芹菜晒干去卖，挣些家用。她突然有些口干舌燥，甚至有些尴尬，很想冲上前去捂住法师的嘴巴，她很怕看到门外的人们沉浸在她的故事里，带着一副听书的表情。

晚上灯火通明，儿孙们各自握着一炷香在棺木旁循环绕着祈福，在农村称为"绕棺"。三个小时过去了，她看到外孙女的手不断往下沉，带着红色火星的香把她大孙子的 T 恤烧了一个又一个的洞。被提醒过后忙说自己太困了，不小心烧到表哥的衣服。但小丫头低下头的瞬间，眼里却夹杂着恶作剧得逞的快意，她讨厌表哥。

直到凌晨大家才纷纷瘫倒在地上靠着墙壁打盹，等待帮工们来抬走棺木。大孙子胳膊被硬物硌得难受，伸手掏了掏拿出一个梨，不太新鲜，却又大又圆。"我身体好着呢，家里的早酥梨已经开始成熟了，给你寄些过去吧。照顾好自己，工作不要太拼。"他突然想起和奶奶两个星期以前的聊天，不知道这些梨是不是给自己摘的，张开嘴想要咬一口，被小姑制止，"放了很久的，别吃了。"

鞭炮声响起，零零散散的几户人家站在门口观望着，十几个帮工抬着棺木，往山上走去，她的女儿们按照传统一路追着哭，外孙女跟在妈妈后面，她看得出妈妈是真的很难过，难过又能怎样呢，再也没有机会弥补了。

棺木被轻轻地放进了坟墓里，儿子们用锄头和铲子往里面填土，一铲一铲，鞭炮声停了下来，空气安静得不像话。谁也没有开口，都自顾自地填着土，大孙子往高高的坟堆上插了根坟飘，白色的飘带随着清晨的风不停地颤动着。她很想去摸摸他的脸，可是什么也摸不到。她想问他怎么回来得那么晚，是不是工作太忙了。她想告诉他，那三千块钱就在盖在自己尸体上的棉被里，大儿媳剪开了所有的衣物棉被都没能找到的钱，其实就在这里。罢了罢了，都已经死了，就安安静静地死去吧。

她钻进了坟墓，再不曾出来，外孙女和妈妈打扫堂屋时，尖叫起来，"妈，怎么会有这么大的蝴蝶！是飞蛾还是蝴蝶？这是什么颜色啊?"大儿媳顺着声音抬头看了看，有些恐惧却又立刻轻蔑地笑道："大惊小怪，是因为拿了那三千块钱心虚吧!"

元　针

许嘉文①

序　章

画外音：这个世界的万物从这里诞生，也在这里终结。

（镜头中一轴画卷缓缓摊开，背景传来研墨的声音，随后滴落的墨汁描绘出山川走兽的样子，流水开始奔腾。死去的生物则重新变成流动的墨水沿着固定的轨道流出镜头外。）

它们不知不觉活成了另一个世界的样子，遗忘了自己被束缚的根，以及回家的道，变成世界的"废弃品"。

（线条从纸上脱落飘起，变成了立体的形象。海浪的曲线蜷曲成方正的桑田边框，越来越多的人类发生战争，战火把画卷烧出一个大洞，所过之处都留下焦黑的痕迹，被波及的生命变成一团团墨云徘徊在原地，找不到轮回之路。）

为了让这个世界正常运转，一个职业应运而生，它们被取名为"元针"。

（一个新的人类形象被勾勒在空白处，每个人都背着巨大的画卷到处奔走，搜寻无处可去的墨云，并吸入自己的画卷中。整卷画连画轴都变得漆黑之后，元针自己也被吸入其中，整体跟第一个镜头一样变作流动的墨水流出镜头外。）

（镜头像蛇一样在画卷上不断蜿蜒前进，最后拉远，出现片名。）

---

① 广州大学人文学院 2015 级 2 班，汉语言文学专业。

正　文
外景：街道（黄昏）

（半空中传来淅沥沥的雨声和沉闷的行雷声。镜头下摇，路上的行人都匆匆奔走，谁也没有留意旁边有一个能躲雨的屋檐。镜头拉近，屋檐下有一个短发女子在躲雨，她的名字叫叶铮。）

叶铮：（在屋檐下一边用纸巾擦着头发，一边小幅度地张望。）谁在说话？

（画外音，在雨声中若隐若现。）怎么突然有这么大的湖？快想想办法，我们要迟到了！

（不远处的水坑边有几块灰暗普通的青苔，镜头特写叶铮愣了一下，随后笑弯了眼，再拍苔藓，画面中的青苔变成了几只身披苔藓衣、头戴真菌帽的小菌人在发牢骚。他们挨挨挤挤，不时环顾四周却一无所获，只能对着水坑发愁。）

（叶铮犹豫了一下，单手抱着画卷，从背包抽出一支如椽大笔轻轻一挥，随后凭空扬起了一阵风，卷着那几只小菌人飘飘忽忽地就过了水坑。）

菌人（窃窃私语）：咦——？那湖怎么到身后啦？不对，我们怎么就过来湖对面了？

（看起来最年老的菌人抬头看见了叶铮，揪着自己的领口浑身颤抖了一下。叶铮竖起毛笔尾端挡在嘴前，点了点头，又摇了摇头。它惊恐地后退了两步，慌不择路地带着另外几个小菌人远离叶铮。）

（雨声逐渐变小，雷声渐远，屋檐边滴落的水流变成断断续续的水珠。）

（叶铮笑容有点僵硬，恢复面无表情。她抬头观察雨势，确认马上就要停雨了，于是用毛笔对着屋檐逆时针画了一个圈，屋檐逐渐变淡、化开，融入雨水中消失不见。她抽了抽背带，回头确认画卷的安全，默默地绕过地上的积水离开。）

外景到内景：从小巷到室内（晚上）

（镜头跟随叶铮前进，巷子里人声鼎沸，大排档老板正挺着将军肚往店里搬一箱啤酒，客人们在大声地谈天说地，隔壁几个小女孩在一边偷偷拿饭菜喂流浪猫。他们看起来都很轻松愉快。常人看不见的黑雾，则是不时被吸入叶铮背包中的画卷里。）

（拐过弯后，人声渐稀，她似乎松了一口气，在暗处用毛笔在墙上画了一扇门，等它变成真实的木门后，悄无声息地进去。进门后，墨迹逐渐消失，墙恢复成正常的样子。）

叶铮：（随手画了一个光团照亮屋内，然后把画卷抽出放在桌上，和另一卷并排放在一起）小远，我回来了。

（一个只能在纸上活动的虚影从原本放在桌上的画卷上浮现，伸了个懒腰）

叶远：姐，你回来啦！我快饿死了。（深吸一口气，似乎闻到了食物的香味）

叶铮（神情放松，戳了戳画卷）：谁叫你懒得出去工作？居然饿得退化成只能在狗窝里生活……饿死了活该！（在沙发上坐下，然后慢吞吞地从抽屉拿出笔，在叶远身旁的空白处画了几个墨团，顺手在叶远脸上点了几个小墨点）

叶远：（毫不在意，随手摘下脸上的墨点吃掉）嘿嘿，谢谢姐！你还别说，这玉锦描金卷比狗窝好多啦，住起来挺舒服的。

叶铮：（看了一眼叶远快要被墨完全染黑的画卷，放下画笔）不行，你明天一定要和我一起出去回收废弃物。我们的进度差不多，做完这一次想休息多久就休息多久。

叶远：生前何必多睡，死后自要长眠，人类说的话有些还是很有道理的。（若有所感地侧了侧头，像吃饼干一样把墨团塞进嘴里）不用催啦，我不去找工作，工作也会来找我的。你看，新的任务不就来了吗？

（叶远打了个嗝，懒洋洋地躺倒，身影随着呼吸时浓时淡。叶铮笑着摇了摇头，也化作勾勒出来的扁平模样，进入了自己的画卷中休息。身影变淡之前她突然想起点什么，一挥手将照明用的光团回收成墨水，才安心地淡入画卷中。）

（窗外的月色越来越朦胧，被飘过来的云雾半掩着。镜头定住，月色逐渐变白，云雾逐渐变黑，镜头下移是白天的医院。）

内景：医院（白天）

叶远：（画外音，惊讶）这里竟然有这么多留恋尘世的"废弃品"？

（叶铮背着两个画卷站在医院门口，镜头从她的背影逐渐拉远，拍到医院的全貌。黑沉沉的雾气在医院内外翻腾，来来往往的人毫无察觉。镜头跟随护士进入门口，路过走廊上痛苦呻吟的病人、表情焦虑的家属，可以看到不远处坐在长椅上等叫号的病人抖了抖报纸，然后翻页，镜头拉近看到"震惊！今年医患冲突频发"的大标题，然后转弯进入护士推开的513病房的门。）

叶铮：（画外音，冷淡）之前完全感觉不到这里有异常，是这几天才突然冒出来的。

（护士走过513的每一张病床，询问病人身体情况，但是窗边爆发的争吵吸引了所有人的注意力）

叶远：（画外音）应该是同类相近，偶然聚集。它们已经有目标，（513的门牌号一闪而过）我们不必等很久。总之让它们发泄一通就行了吧？我们只要等待回收的时机就可以了。

（两只墨水线条勾画的小鸟悄悄地飞上窗口，粘在室内的窗台下成为静止的涂鸦。叶铮可以通过鸟的眼睛看到病房内的一切，耳边传来嘈杂的谈话声和护士走近的脚步声。）

（窗边的病床上躺着一个瘦弱得眼球有点突出的小男孩，看起来像是他的父母的人在一旁争吵，还时不时推搡一下过来调解的护士。

小男孩喃喃道"不要吵架"，但没有人听到。）

父亲：（烦躁地扭过头去，点根烟）我们俩都离婚这么久了，给点抚养费就不错了！我也有自己的生活要过啊。（瞟一眼小男孩）

母亲：（抹一把泪）可他也是你的孩子啊！你不是做大老板了吗？多给点怎么了，你知道我一个人把他拉扯大有多么辛苦吗，你出点医药费怎么了？我这些年来……

父亲：（打断话头）行了行了！（嗤笑两声，转了转眼珠子，转身走向门口）要我替你儿子交医药费也不是不行……但是说好了，以后的赡养费我可就不管了，你们俩是死是活都别再来烦我！

母亲：（嘴唇颤抖了几下，大口呼吸）你——你怎么可以……他也是你儿子啊！

父亲：要知道手术费可不少（怀疑地打量护士，站住身吐了口烟），医不好，这钱不就打水漂了吗？谁知道这中间医院赚了多少黑心钱（小声）。

（全黑的画面里香烟的火光一闪而过，镜头震荡一下很快消失，就像完全被黑雾遮盖。）

护士：这位病人家属，你怎么能这样说！（气愤）还有，病房里不准吸烟！

父亲：（愤愤地扔掉烟头，用脚碾了两下）哼，一个小护士还瞧不起我们……可见你们医院的医生也好不到哪里去！（转头对着母亲）总之你想好了再打电话给我（摔门而去）。

（母亲捂脸流泪，小男孩在旁呢喃"不要吵……不要吵架"。）

内景：医院（晚上）

（护士查完了房，关掉电灯离开。母亲默默地照看着昏迷的小男孩，皱着眉在想事情。亮着的手机显示一些短信记录。突然传来敲门声。）

母亲：（有点慌乱地把手机放进包里，疑惑地看了看其他床位，发现他们都没醒，只好自己站起身去开门）谁——谁啊？

（涂鸦小鸟突然转了一圈眼珠。）

（画外音，低沉）：刚给您儿子安排的主治医生。

（门板居中，左边明亮的走廊上站着穿戴严实、只能看见双眼的医生，右边黑暗的病房内站着犹豫要不要开门的母亲。）

（画面闪过袋子里手机屏幕的特写，显示母亲和别人讨论手术失败后该怎么从医生那里把手术费讨回来。随后手机熄屏。）

母亲：（打开门）这么晚了，您是来……？

（特写镜头，医生黑沉沉的眼睛。）

医生：（径直走向小男孩的病床）明天，轮到他做手术。

母亲：（抱着手臂，眼睛瞟向左边，）这——这么快？真的能治好我儿子的病吗？（小男孩闭着眼，眼球动了动。）

（叶远画外音：果然按捺不住了，那个人类幼崽怕是保不住咯。真是不懂他们人类的想法，明明生前是医生却想着害人，白白给我们增加这么多工作量。）

（医生没有回答，侧着头死死盯着墙角的涂鸦。）

母亲：（有些生气）医生你……！（眨了眨眼，发现医生不见了。）

（母亲有些迷惑地环顾了一下四周，以为自己没留意医生出去了。她越来越心不在焉，看着小男孩发呆。）

母亲：不要怪我……妈妈也是被迫的！不要怪我……（越来越小声，转头擦了擦眼睛，但是下定了某些决心，肿着眼拿出手机出了病房，回了一个电话。）

（小男孩睁开眼看了看病房外，静静地听着门外的谈话声，有一瞬间伸出手好像想按护士铃透露点什么，但最后还是紧闭着双眼装睡了。）

（叶铮画外音：他们自己本来是被恩将仇报，想要报复别人也很正常。人类不就是这样的生物吗？最终都是只想着自己。）

179

内景：医院手术室（白天）

（小男孩躺在手术室内，紧张地眨了眨眼睛，奇怪的是只有医生一个人在作准备。）

（医生拿着麻醉慢慢地打进小男孩体内）

小男孩：（嗫嚅）医生，谢谢你还帮我治病。

医生：（处理用完的针筒，顿了一下）别怕，叔叔马上就能把你治好了。

小男孩：（犹豫了一下）你要小心……我知道，她好像打算对你做——做不好的事，（眼睛红了）但是我还小，我不是故意瞒着你的，我只是想活着！医生一定要帮帮我！（抽泣）

医生：（沉默着拿起了手术刀，没有回答，僵硬地摸了摸小男孩的光头，手掌托在他的后颈上）

（小男孩视线逐渐模糊，陷入昏迷，画面变黑。）

叶远：我们这么辛苦地维持生命的平衡，就是为了这样的生物能够延续下去吗？

（镜头里出现烈日下满头大汗的母亲，匆匆地领着一名陌生男子过马路进入医院，那名男子背着一个很大的背包，里面藏着一把砍刀。

（手术室内，医生拿着手术刀对准小男孩喉咙的手抖了半天）

叶铮：所谓的使命……到底是怎么植入到我们的基因里的呢？

（镜头里不断闪现奔走在世界各地、不同时间线上的元针同胞。医生从手术室出来，化作一团黑雾散开，被吸入画卷中。完成最后的任务的两位元针都变成扁平的画像，一点点被画卷的漆黑侵蚀。）

叶远：我们虽然能自由地穿行于不同维度的空间里，但和普通的人类并没什么差别吧。

（小男孩醒来，一脸迷茫，不知道发生了什么。）

叶铮：在造物主眼里，我们都不过是白纸上被乱画的笔迹圈住的小蚂蚁而已。对不对？（镜头拉近，她微笑着直视画面外）你说呢？

（二人完全融入墨色中，画卷消失，镜头向上移，天气逐渐放晴，夕阳透过云层照射出来，出现片尾。）

九畹幽香

姚乐恒①

像刚从冬天醒来，一刻钟，袭寒在肩。看似安卧在床的自己，却无法梳理纠缠的思绪，还沉溺于草地上地久天长的誓言。好像走了很远很远的路，在大声喘息，脆弱地，经不起鬓黑一片，会爬起来凝望火车到下一站的空荡与光明。

燃一马克圆烛，烛光颇深，映下阶底未合上的《枕草子》，棣棠华色淡，已无甚可观。习惯浅放着古希腊戏剧歌队的永恒之歌，泪水肆虐，谁是悲伤预谋者。无边的恍惚，惊扰了一夜悦然的梦，遥远而又陌生的情节，不可安眠。

未到三更。天黯，看不见琉璃浪，透明到令人心碎的渲染。戏院歌淡，小秦楼，看客咿呀半晌，卸去《霸王别姬》的遗憾。积尘的风，绕过满目疮痍的木，砌下香玉温柔，眉上脂浓，惊破《梅花三弄》。听伊处，第一夜，相思泪弹，最难忘，屏边瞥见，说与萧娘知道。听啼乌，立河桥，话已多，情未了，对秋灯，几人老。唱罢，面皱若素宣，是否始末原色上演，恨几道鹧鸪天。也似昨，绮罗手卷，玉真念，再婉容，清颜，也有人尽楼歇。

起雾了，单衣躲进画堂。有油纸伞，触摸着好久不见的温暖。总逃不过续笙，凤凰台赤玉箫，莫知年代，天荒地老。跪坐，忘却闭眼时的温柔，手心通告，合十为谁祈祷。逼迫自己渗出泪，放大可以折叠的感动，所谓虔诚。兰烛烬了，绘说，心字香烧。临行前，

---

① 广州大学人文学院 2015 级 7 班，汉语言文学专业。

佛纳送我一本《金刚经》，第一页漫生麝烟，他说，到底情种，殇重。

独上画堂阁楼。纤手置红墙，凸伏延至花窗。浮雕牡丹，纸墨情愁。胭脂旧人送，墨砚旧人弄，旧人残事涌，谁与话东风。红颜初妆，青衣薄纱，皙白指容，曾相看不厌，人影笑掩。铜镜凝，姣容愁，朱砂旧，发梢留，髻式遗。待江南烟火烬，墨固砚干，搁留伊人，回眸沉默，不知为谁而候。

浅话心长，夜语下花窗，悬江畔，一人听风独瘦。执开覆尘，月色憧憧入眼，迷蒙彷徨。人约广寒宫，尘世念，木下赏，挂心头，夜呢喃，等谁。月冷依旧，眉间心上，却恍梦。

月杪，路过合欢洲。依是古昔完好的玉瓦琉璃，婳婳女子。朝西盘坐，灰婈鸟猜道，有半片妖娆，马缨瘦，不耐风揉，残萼沾酒，可做香兽。待明年，绮筵散日，谁可继芳尘。西元年，赤眉还在，栖碧庵已是蝴蝶瓦。花椆木佩下一枚如意，明媚得雪青。灯心草暗生在余绿，乱了桃蹊，看尽一方黎明。观音土黏湿，素心的手，方可释怀。

年月盼归堂，哼旧曲，诵你最爱的诗。斑影摇曳，执手湖畔荷香，蝉鸣日光浓，何处是安处。鹧鸪惆啼，凝眸荣萸山黄，烛影烟火绝，何时是归期。旧联褪墨，寒来衣袖覆白，残雪袭荣枯，何年旧人还。梦昨日，九月醉，日暮夜眠，寻不到天堂。

旧忘江南，三里笑靥，九畹芳华，暗自幽香。

西北那片故土

刘依婷①

  四十八小时的火车之旅，是一场漫长的旅途。从广州到新疆，跨越中国南北最长的一条铁路线，犹如从夏天走向冬天。等待的过程是漫长的，但是回家的动力早已把这四十八小时抛掷于九霄云外。

  新疆这片土地奇特又曼妙，充满浓郁的民族风情与伊斯兰古典雅情。这片土地如一个慈祥的老母亲，草原，沙漠，冰山……是她养育的子女，安然地躺在母亲的怀抱中，那么温暖，那么安逸。如果说新疆是一座城堡，那么我愿意安睡在这座城堡中，一笔一画记载着这里岁月留下的痕迹。

  走进北疆的伊宁，令我感触最深的是那拉提草原，这儿是全疆家喻户晓的旅游胜地。那拉提草原——蒙古语译为太阳升起的地方，汉语翻译过来是天上的草原。所谓圣地，定不能让大家失望。静静地站在广袤的草原上，抬头便是湛蓝的天空，由远及近，从深渐变到浅。几朵白云如仙女下凡，摆弄着白纱长袖子优雅地在蓝天中挥舞着，时而遮住自己脸庞，时而从袖子后面轻露出半个脸颊，仿佛一个羞涩的少女。天空之下便是一望无际的大草原，草原与浅色一边天空相连，一直延伸到远方白茫茫一片的蒙古包，我喜欢称这里为绿色海洋。碧油油的草儿安详地吹着丝丝温暖的北风，贪婪地在柔和阳光下伸着懒腰，他们挺直背争先恐后汲取阳光给予的甘露般的营养。

---

① 广州大学人文学院2016级1班，汉语言文学专业。

此时我正站在被绵绵阴山怀抱的草原上。远处镶有宝蓝色哈萨克族图案的花纹钳引在蒙古包尖顶的周围，雪白的蒙古包点缀着碧绿的草原，犹如夜晚天空中那几颗耀眼的启明星，煞是好看。我醉入这片芬芳中，幻想自己是一个马背上的姑娘，骑着我的棕油色骏马疾驰在无际的绿色海洋中，奔向那边白茫茫的蒙古包，沿途哈萨克族放牧娃迎着太阳赶着牛儿吃草，四五头黑白相间的花牛怡然自得地吃着鲜嫩多汁的青草，一阵清风拂过我的脸颊，犹如丝带那么柔那么滑。我轻轻捋着风吹散的几缕黑色头发，深吸一口，风中带有淡淡鲜草味还夹杂着湿软泥土的气息。我陶醉着这一切，从马背上下来，躺在广袤的草原中，闭眼冥想。几位哈萨克族牧民驾驭着健硕的奔马从我面前呼啸而过，清脆的马蹄声愈来愈大，由远及近，伴随着一声"驾"渐渐消声在草天相接的一方。就在马蹄声消失的那一刻我睁开双眼，目光定格在消失的草天相接处，它勾起我的心，决定要随马儿带我去草原的另一端，那会是怎样的一个世界，怎样一番圣景？无数的遐想从我脑海中涌出，此时我的细胞如滚烫的热水，不停地沸腾，点燃我身体每一个器官和感知。刹那间我起身张开双臂奔向消失的边际，又一阵清风徐来滋润我每一个毛孔，带来舒适与惬意，缓解了我急切的心情。我迎着风尽情地奔跑，微风吹散了我黑色秀发，丝丝发缕伴随我在风中洒脱奔向远方。我的前方依旧是碧绿的草原，湛蓝的天空。抬头望天空，似乎它能给我答案，蓝色不一的天空中飘着几朵桃心形状的白云。云飘得很低，似乎触手可及，我怕打扰到它安逸的步伐，于是我又把手伸了回来，它从容的态度安定下我聒噪的内心。

　　不知不觉中我走向哈萨克族居民的毡房，他们看见远道而来的朋友后热情地拉我到家中做客。一进毡门异域特色便映入我眼帘。远看偌小的蒙古包走进却大如宫殿，毡房内铺着各种花毡，这是妇女们的精心巨作，用染配成各种色彩的毛线沿布剪的图案，千针万线密缝在一起。一旁坐着的老奶奶一手拿针线，一手抓着正在缝制的花毡，一针一线穿梭在这块毡图中，岁月的痕迹布满奶奶那双灵巧的双手，手背泛起老皮，几根青筋随着奶奶指间缝制的节奏时而凸起时而平展，这双手如永不老去的太阳一样温暖。一位中年妇女热情地为我端来一杯酥油奶茶，还热腾腾冒着白气。轻尝一口韵香四溢，牛奶融合砖茶的淡香在我口中打转，丝滑浓郁，还有一层淡黄色奶皮入口即化。雕刻的木桌上放有各种奶制品，奶酪、奶棒、奶疙瘩、酥油……哈萨克族居民热情招待我留下参加晚宴。无论你是游客、居民，还是过路者……只要出现在蒙古包居住地，哈萨克族居民都会邀请你在家中做客，热情四溢，不分你我。我接过一杯马奶酒坐在这家毡房旁的秋千上，品味马奶酒，欣赏落日余晖。夕阳撒下，黄色金片落在草原上，隐约透出点点绿，犹如金黄色地毯上镶绣着几朵淡绿色的茉莉花，富贵又不失典雅。云朵这时像一个淘气的孩童不小心打翻了红酒，渐渐从草天相接处浸润向草原另一头。酒红色的草原和蓝天下的草原截然不同，如果说清晨的草原是一个阳光少女，那么落日下的草原则是一个成熟知性的青年女子，她用红色的纱带遮挡着半个面颊。这番景象如一杯百年干红一口醉心。一旁的马儿边散步边借着美景低下头享受着这片红色晚宴。我轻轻摇晃着秋千生怕打扰到马儿的悠然步履。夕阳散下金光照耀在马背上，红色的草原上倒映着橙色的影子，犹如凡·高笔下一幅色彩和谐的油画。此时只欠佳人与我一同欣赏这番佳作。夕阳草原，看在眼里醉在心里。

我不能仅贪恋这片醉景而忘记所追寻的脚步。于是我谢过后，骑上我的马儿，踏着酒红色海洋追向太阳落山的天际，期待另一个世界的景色依然这么曼妙。

火车疾速行驶着，遐想过后睁开眼睛已经驶入白雪纷飞的区域，原来已进入新疆。我多么希望刚才的遐想不要间断，依然沉醉于我的草原世界，浪迹那般酒色城堡，追寻我所期待的梦。

青春的印记

李忻蔚[1]

高考结束以来，微信上显示的未读信息动不动就是 99＋，很是热闹。这几天录取通知书陆续寄到了同学们的家里，班群里就更热闹了。

"啊啊终于到了！F 大的录取通知书真好看！"这是考上名牌大学的。

"哇怎么我们的跟圣旨似的，厉害了！"这是考上省内 211 的。

……

考得好的同学纷纷在群里晒出照片，通知书上学校的印章尤为瞩目，大红的印记透着登科及第的喜庆。

真好呢。我趴在床上，单手划着手机屏幕，一张张图片点开来看。最后，把手机丢在一边，脸深深地埋进枕头里。

桌上，那份属于我的录取通知书静静地安放着。我把脸稍稍侧了一下，露出一只半睁的眼睛，瞥向桌面，刚好能看到通知书上的印章。同样是大红的印记，落在我眼里却一点喜气也没有。

有的只有深深的讽刺。

而我还无法回驳这样的讽刺。

"咚，咚。"门被轻轻敲了两下，紧接着传来的是妈妈的声音。她提醒我，该回校拿档案了。

回校的路上，我坐在车里看着窗外，一言不发。没什么想说的，

---

①　广州大学人文学院 2017 级 1 班，汉语言文学专业。

也没什么可说的。妈妈也不说话，双目正视前方，专注地开着车。车里一度沉默。

我看着窗外飞过的街道房屋，突然有了一种不真实的感觉。三年了，走这条路去上学已经三年了，转眼间我都毕业了。我在这条路上燃烧了三年的青春，追不上最初的梦想，只带回一个耻辱的印记。

泪水，悄无声息地滑落。

别哭。我在心里对自己说。马上就要到学校了，这副样子多丢人。

本来就已经够丢人的了。

推开档案室的门时，里面已经有不少人了。三三两两的学生中，我一下子便看见了她的脸。一个暑假不见，没想到她居然瘦了这么多。

我想起昔日的她坐在我旁边奋笔疾书的时候，连脸颊上的肉都会跟着晃动。现在，下巴尖得让人忍不住要去问：

"你是不是去整容了？"

我真的这样问了。

她惊喜地回过头来，似乎很高兴能遇见我。她上来就给了我一个大大的熊抱。

拿完档案后，我们一起在学校的小湖边散步。湖面上像往常一样，有鸭子在悠闲地游着，时不时用力地拍打翅膀，来一波"轻功水上飞"。湖中央的天鹅雕塑依旧洁白，迎天挺立，翅膀半张，总让人觉得下一秒它便要飞出去。扶摇直上，直指北方。

"以后什么时候才能回来看看呢？"我有些感慨。

她低头踢着小石子，不甚在意地回我："很快的，国庆假期很长。"

"也是。"分数只能上省内大学的我，似乎根本不需要有这样的伤感。我又想了想，"对了，你被哪所大学录取了？"她高考发挥得很好，我记得她的意向里有 F 大和 B 大两所名牌大学，都在北方。

北方啊……我望着前方向北展翅的天鹅雕塑。那是我们学校的校徽原型，寄寓了师长们对我们的期望——向北飞，去最好的大学。我低头看向胸前的校徽，这是象征着一代又一代学子青春的印记。

我自嘲地笑笑。曾经，我也是个有着远大抱负的人啊。

身旁突然传来一声叹息，我这才想起刚才的提问一直没有得到回答。我抬头望向她，却正好撞进她漆黑的眼睛，那里面，是说不清道不尽的哀伤。

我讶异。

她拿出了她的录取通知书。

我惊呼起来，"这，发生了什么？"

那个显眼的印章，是我再熟悉不过的，噩梦一般的红色印记。她竟去了跟我一样的大学，这怎么可能？这怎么可以？哪里出了问题？

她看着我，摇摇头，似乎是在否定我想要问出口的所有猜测，然后，只说了一句话："我家里人想要我留在省内。"

我沉默了。

竟然是这样。

我想起那天晚上，填报志愿的最后一晚。

"为什么一定要去那么远的地方上学呢？你一个女孩子，一个人在那种偏僻的地方，我们怎么放心得下？"

"如果不报那里，我根本没有别的211大学能选！我能有什么办法！"

最终，还是义无反顾地坚持着把L大填到了第一志愿。但同时，也妥协了父母，填了省内的一般大学。

然而，终究还是差了一分。

我是能力不足而留下的遗憾，没想到她能力强悍至此，终究也没能够逃出名为爱的枷锁。我知道她的，一直都很听家人的话，不像我，动不动就反抗。

"但是啊，"她突然开口，让正在寻思怎么安慰她的我一时没反应过来，"我们可不能放弃！"

"我们？"我喃喃道，语气有些不太确定，像在问她，又像在问自己。

"嗯，对，"她重重点了下头，重复了一遍，"我们。"

我怔怔望着她，等着她说下去。

她双手扶住我的肩，无比认真地说："学习是个人的事情，环境，从来就不是决定人成败的唯一因素！"

"你看看这印章，"她扬了扬手上的通知书，"是不是觉得它就是终点了？错了，这只是开始。"

夏日的风暖暖吹过，在平静的湖面上荡起一圈圈的涟漪。我的目光透过她被风扬起的长发，落在了远方。

好像……挺有道理的。

这些天我一直不愿去看那大红的印记，就是因为每每看到，我便会想起——那不得实现的曾经奋斗过的目标。

想着"这样就结束了吗"一直哭到深夜。

但从来没有想过，这只是，青春开始的印记。

还没结束，我还能努力，我还能考研，还能考博，甚至出国……

这不是结束，只是开始。

我低头，重新审视着手上的录取通知书。印章依旧醒目，印记依旧火红，只是得到它的人重新找到了目标。

我抬头，天鹅雕塑昂首伫立。我仿佛能听到它清脆的鸣叫，远方传来一首不知名的歌谣：

"飞吧，飞吧，不论飞到哪里，我赋予你的青春的印记，会一直伴随着你。"